神奇的北极熊先生

之乔的新世界

跟北极熊先生
成为最好的朋友的五大理由：

他真的好有趣，当你情绪低落时，他总能让你振作起来。

不管到世界哪个地方旅行，他总能交到朋友，而且适应得很好。

他能给你最好的拥抱——紧紧的，又不会紧过头，刚刚好！

他会堆雪人，超会打雪仗。还有啊，你真该看看他滑冰的样子——**呼**！

他从来不会让你失望，甚至当你对他发脾气时，他也能理解，不会感到沮丧——这正是你想要的好朋友，对吧？

献给尼克，谢谢你。还要献给"无限精彩队"，让我真正领略了雪的魅力！

——玛利亚·法雷尔

献给丽贝卡和瑞秋。

——丹尼尔·莱利

图书在版编目（CIP）数据

乔的新世界 ／（英）玛利亚·法雷尔著 ；（英）丹尼尔·莱利绘 ；孙淇译 . — 北京 ：北京联合出版公司，2024.3

（神奇的北极熊先生）

ISBN 978-7-5596-7310-7

Ⅰ．①乔… Ⅱ．①玛… ②丹… ③孙… Ⅲ．①儿童小说－中篇小说－英国－现代 Ⅳ．① I561.84

中国国家版本馆 CIP 数据核字 (2023) 第 241390 号

乔的新世界

著　　者：[英] 玛利亚·法雷尔
绘　　者：[英] 丹尼尔·莱利
译　　者：孙　淇
出 品 人：赵红仕
选题策划：北京天略图书有限公司
责任编辑：周　杨
特约编辑：钱凯悦
责任校对：罗盈莹
美术编辑：刘晓红

北京联合出版公司出版
（北京市西城区德外大街 83 号楼 9 层　100088）
北京联合天畅文化传播公司发行
北京盛通印刷股份有限公司印刷　　新华书店经销
字数 40 千字　889 毫米 ×1194 毫米　1/32　7 印张
2024 年 3 月第 1 版　　2024 年 3 月第 1 次印刷
ISBN 978-7-5596-7310-7
定价：24.00 元

神奇的北极熊先生

之乔的新世界

[英]玛利亚·法雷尔◎著　　[英]丹尼尔·莱利◎绘　　孙淇◎译

北京联合出版公司
Beijing United Publishing Co.,Ltd.

目录

第1章 离家与到达……1

第2章 外边与周边……15

第3章 这里与那里……22

第4章 购物与失物……38

第5章 消息与风景……49

第6章 专程与赛程……56

第7章 表演与买单……74

第8章 人潮与浪潮……83

第9章 胆怯与眼泪……99

第10章 乐器与"武器"……112

第 11 章 湖面与雪片……129

第 12 章 雪地与活力……134

第 13 章 钻洞、震动与涌动……144

第 14 章 风雪与隔绝……160

第 15 章 光亮与飞翔……172

第 16 章 开始与别离……183

第 17 章 结局与友谊……200

离家与到达

　　乔向舷窗外望去，雨滴飞溅在玻璃上，飞机正沿着跑道滑行，引擎轰鸣，速度越来越快，直到腾空而起，所有的噪声都被一种柔和的嗡嗡声取代。地面从乔的视野中逐渐消失，再见了家园，再见了朋友，再见了亲人——除了乔的爸爸和妈妈，他们当然和他在一块儿。

　　起初，**举家搬迁**到另一个国家的想法真的好令人兴奋。乔的朋友都把他当明星一样，每个人都想跟他聊聊这事，每个人都告诉他他有多幸运。可是现在，当一切他熟悉的东西都消失在了云层之下，乔真希望他能和别人换换，比如：这个人的爸爸没有接到世界另一头的五年工程合同；或者这个人的父母在计划大搬迁之前**征求过**他们独生子的意见，看他是否介意离开家、学校和朋友；或者至少这个人有机会说出 **"不用了，非常感谢，我还是愿意待在老地方"**。而乔呢，此刻正和父母一起坐在飞机里，爸妈似乎把这次大搬迁当成了一场大冒险。乔喜欢冒险，可他不确定自己喜欢这种冒险。

乔从随身包里掏出一本相册，这是全班同学送给他的临别礼物，封面上写着大大的

"再见，乔"。

字下面是一张照片，照片上他被朋友们围在中间。相册里的每一页都贴满了同学们的照片，写满了大家的留言。最后一页夹着一张乔从来没见过的照片，他的喉咙哽住了。那是乔的小猎犬罗利的近照，它现在跟奶奶一起生活。有人在照片后面画了一个爪印和一张悲伤的脸。乔越来越哽咽，几乎无法呼吸。他望向窗外，假装对云层很感兴趣，一边悄悄擦掉了眼泪。他需要让自己快乐起来，便在包里翻来翻去，直到发现了一张纸，上面写着"乔的十个史上最烂笑话"。乔最擅长讲冷笑话，每当气氛紧张的时候，大家都指望他能讲个笑话出来。

他从头到尾读了一遍，尽管清单上都是他最喜欢的笑话，可这会儿他一点也不觉得好笑，甚至感觉更糟了。

"是不是很激动？"爸爸说着，用胳膊肘轻轻碰了碰乔，身体倾上前向窗外望去。窗外除了厚厚的云层，什么也看不见，乔不确定这有什么好激动的。他甚至不想看一眼爸爸。飞机颠簸着穿过云层，乔合上相册，把它放回包里，抓起了屏幕遥控器。这是一趟长途飞行，最好有一些好电影和游戏，只要能让他不去想与这场大搬迁相关的事就好。

*　*　*

乔一家三口是最后下飞机的乘客，

检查护照的队伍排得好长好长。

叫到他们时，移民局官员翻查着他们的护照，用一种很不友好的态度上下打量完每个人后，把官方印章盖在了护照上。

嘭　　　嘭　　　嘭

就这样，现在他们正式成了一个新国家的居民。到行李大厅取行李时，行李箱已经陆陆续续地到了。乔看着一件又一件行李从高墙上的方形口里出现，顺着一条长长的滑道颠簸而来，进入传送带，加入正在一圈圈旋转的行李中。乘客们争先恐后地抓起自己的东西，把它们从传送带上提下来，高高地撂在手推车上。最先出现的是妈妈的蓝色行李箱，然后是爸爸的。之后是一小段空档，什么也没有。乔想，要是我的行李被他们弄丢了，那可真是倒霉透了。

突然一阵剧烈的震动，传送带嘎吱作响，然后速度变慢，几乎停了下来。一个破旧的棕色手提箱咔嗒咔嗒地顺着滑道滑了出来。紧跟着这个手提箱，出现了一个白色的庞然

大物。它在滑道上摇晃了几秒钟，便轰然跌落下来，皮毛和腿爪在传送带上摊成了一堆。

"我的天！"爸爸说，"好大一包！"

当这个巨大的白色毛球开始和别的行李一起在传送带上旋转时，乘客们纷纷挤过来，张大了嘴巴。那东西起初静止不动，不久便抖动着坐了起来，把一只毛茸茸的爪子放在破旧的手提箱上。

"是活的！"当那头动物转着头东张西望时，妈妈说道。乘客们屏住了呼吸，一瞬间似乎把找行李这事忘得一干二净。

乔冲到传送带的末端，以便能好好看清楚。现在他看得非常清楚，他知道，毫无疑问，那是一头北极熊——不是那种超大号的毛绒玩具，而是他在电视上看到过的那种活生生的北极熊。熊的脖子上挂着一个大大的标签，上面写着**北极熊先生**，手提箱上好像还有一个行李签。北极熊转过来时，举起了一只爪子，好像在朝乔挥手。乔笑起来，也朝它挥了挥手。每次熊转完一圈回来，都会向乔挥手致意。乔注意到，熊似乎并不理会别人，这让他有些难为情。人们纷纷朝乔看过去，扬起眉毛，好像在等着他对这位不速之客做点什么。不过，起初的兴奋平息后，乘客们重新回去抓起

了行李，最后，人群渐渐散去，传送带上只剩下那头熊和它破旧的棕色手提箱。乔和家人站在一旁等着。

"还是没看到你的箱子。"爸爸边说边点着头数行李，"奇怪啊，只有你的行李没来。"

"毫不奇怪，总是这样。"乔说，"为什么不是你的箱子或妈妈的箱子？为什么就得是我的？"

"冷静一下，"爸爸说，"我猜可能马上就到了。"

但是再也没有行李出现，只有一头熊和一个手提箱……一头熊和一个手提箱……一头熊和一个手提箱。

"咱们过去问问那边那个人。"妈妈说，"他看上去像这儿的工作人员。"

一个身穿白衬衫、戴着漂亮徽章的男人朝熊走过去，检查了一下挂在棕色破手提箱上的大标签。

"北极熊先生，" 他大喊道，"这儿有叫北极熊先生的吗？"

北极熊低头看着那个男人，咧开嘴巴，露出两排锋利的牙齿。

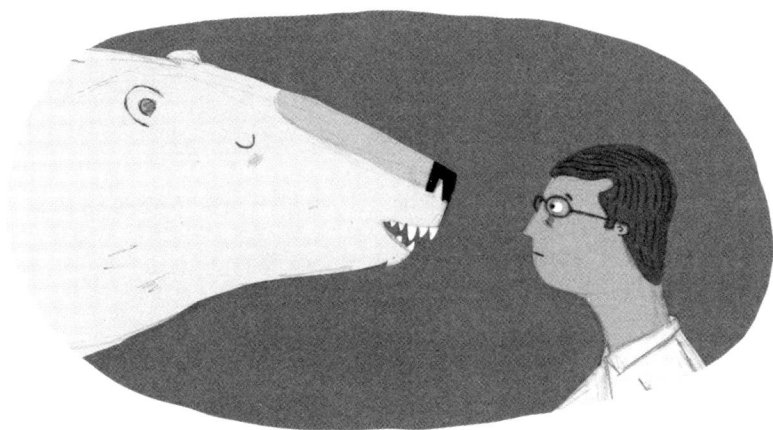

男人猛地扯下手提箱上的标签走开了。乔看见这位行李管理员翻过标签挠了挠头。"或许你们中有人叫乔·比奇罗夫特吗？"他看着爸爸、妈妈和乔问道。

"啊，呃，嗯，有。"爸爸嘟哝着，仿佛拿不准承认有人叫比奇罗夫特是好还是不好。

"松林大道44号乔·比奇罗夫特？"男人继续问道。

"是的。"爸爸又说，语气听起来更加犹疑不定。乔看着爸爸和那个男人。

"我是乔。"乔说，"我的行李还没到，您知道它在哪儿吗？"

行李管理员摇了摇头。"剩下的就这些了，"他说，"一头熊和一个棕色手提箱——这两样上面好像都标着你的名字。"

"我的名字？"乔吃惊地说，"您确定？"

行李管理员走过去，把标签拿给他们看。

"恐怕那头熊跟我们没什么关系，"爸爸说，"一定是弄错了。"

"而且那绝对不是我的手提箱，"乔说，"也许是行李标签弄混了。"

爸爸转向乔："不是在开玩笑吧？是不是你那帮朋友干的？我是说，你的名字怎么会和一头北极熊联系在一起？"

"别问我，"乔大声说道，"托运行李时你也在场，要是我给一头北极熊办了登机手续，我会记得的。"

嘎吱——砰

传送带停了，北极熊站起身跳下来，砰的一声落到地上。它用牙齿叼起破旧的棕色手提箱，丢到了爸爸的手推车上，重重地落在其他行李上面。

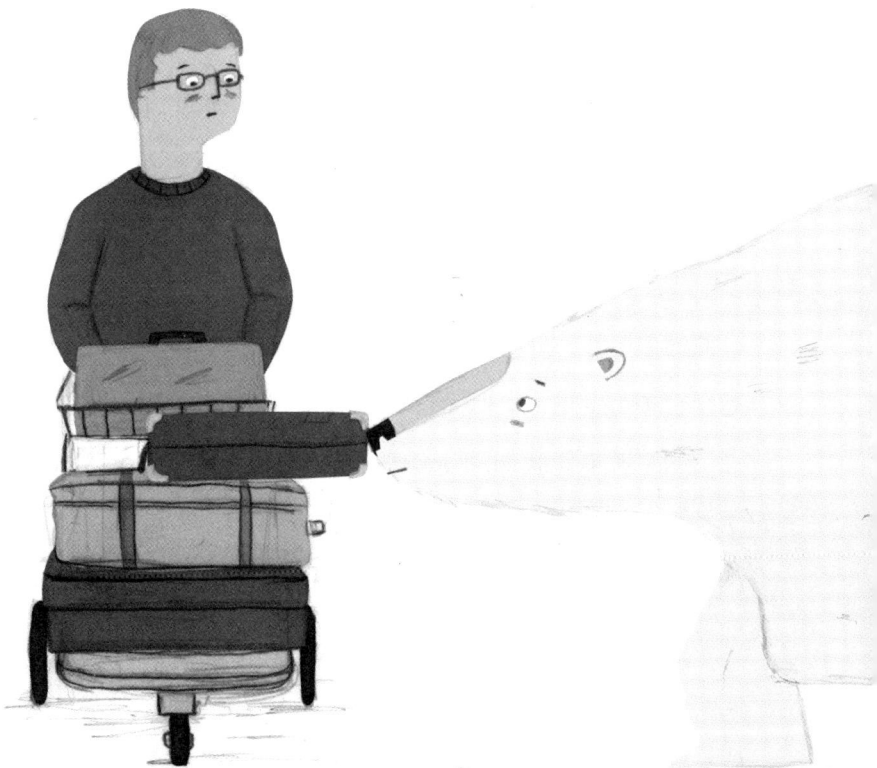

"等一下！"爸爸说，"你在干什么？"

熊在手推车旁坐下来，伸出长长的黑舌头舔了舔妈妈的脸。

"啊——！" 妈妈尖叫起来，两名安保人员迅速走过来查看情况。乔以为他们会把熊带走，然而他们似乎更倾向于询问妈妈关于这头动物的事——它是从哪儿来的，怎么来到这儿的，它的护照在哪儿？妈妈变得越来越慌张，脸也涨得通红。于是爸爸加入谈话，但也没起什么作用。

与此同时，乔一直盯着那位正忙着检查文件的行李管理员，总算有人来解决他丢失行李的问题了，乔松了一口气。

"请在这里签字。"行李管理员挥了挥钢笔和一张满是黑色小字的纸说。

妈妈和爸爸还在忙着应对安保人员，乔接过那份文件，在底下的虚线处签上自己的名字，然后递了回去。他太累了，懒得再去读那些小字。

签名：**乔·比奇罗夫特**……………………

"很好。"行李管理员说，"他是你的了。"男人朝熊挥了挥文件。

乔瞪大了眼睛："什么意思，*他是我的了*？*谁*是我的了？"

"当然是那头熊，你刚刚签收了。我建议你赶紧把他带回家，长途飞行后动物们都会有一点点紧张，我们可不想惹什么麻烦。"

　　所有人都陷入了沉默。乔先看了看行李管理员，又看了看爸爸妈妈，然后看了看熊。熊看起来一点也不紧张，而妈妈看上去很紧张，爸爸看上去也很紧张，就连行李管理员似乎都很紧张。但北极熊先生平静而安详地坐着，下巴搭在那堆行李上面，看起来好像很满足。

"可我们要拿他怎么办？"乔问。

行李管理员举起一只手说道："请小声一点，我们可不想再引发一次安全警报。"

爸爸双手捂住脸，深吸了一口气。"我也不想，"他嘟哝道，"咱们过后再来解决熊的问题，还是先出去吧。"

"那我的箱子怎么办？"乔问。

"对啊，乔的箱子怎么办？"妈妈重复道，"所有的东西都在里面，他甚至连换洗衣服都没有。"

"你们需要去那边挂失。"行李管理员指着一张桌子说。

爸爸气呼呼地去填写"行李遗失"文件，乔留意着那头熊。一位笑容可掬的女士说她保证乔的包裹会很快找到，并且会免费送到他们家。

"我也是这么想的。"爸爸气呼呼地说。

爸爸推着行李车朝出口走去，大家跟在后面。这支奇怪的小队伍——妈妈、爸爸、乔和一头巨大无比的北极熊——一声不吭地过了安检，走进入境大厅。

出口 ↑

↑ 🚕 🚌 公共交通

↑ P 停车场

第2章

外边与周边

一个男人正等在外面，手里高高地举着一个牌子，上面用大大的黑字写着：

比奇罗夫特一家

"呼，"爸爸说着，朝那个男人轻轻地挥了挥手，"至少有一件事是正常的，公司说派司机来接我们，然后送我们去新家。"

乔觉得有司机来接很不错，但新家这个词听起来却十分别扭。爸爸怎么能管这个新地方叫家呢？家是乔出生后一直居住的地方，家是有朋友们在的地方，家是有奶奶在的地方，是罗利还是个小奶狗时就生活的地方。乔看过新房子的照片，跟他们的旧房子完全不同，看起来崭新而陌生，完全不像个家。

"比奇罗夫特先生？"男人问道，见爸爸点了点头，他接着说道，"欢迎欢迎！希望你们在飞机上一切都顺利。"

"飞机上还好，"爸爸说，"不过到达后我们遇到了一些问题。"爸爸朝北极熊的方向瞥了一眼。北极熊先生的鼻子朝司机凑过来，司机瞪大了眼睛，两腮也鼓了出来。

"那是什么家庭宠物吧，"他说，"没人提到您会带一头熊来。"

"因为我们根本没带他来，他不是我们的宠物。"爸爸坚定地说，"肯定是搞错了，不过我想回去再解决会更容易些。显然是有人把他送错了地址，我肯定很快就会有人跟我们联系的。"

"哦，是这样啊。"司机说，乔看见他转了下眼珠，好像觉得他们全疯了。他从爸爸手里接过行李车，推着它朝出口走去。

"我就不明白了，"乔转着轮椅走在司机旁边，"我想带我的宠物——真正的宠物狗——他们却不许。"他转过脸，瞪了爸爸妈妈一眼，"那**这家伙**怎么来了。"乔伸出大拇指，指了指北极熊先生。

"我可不知道。"司机说。

"等我们安顿下来，就给你买一只新狗狗，"妈妈亲切地说，"我们答应过你的，记得吗？再养一只狗宝宝会很好玩的。"

"我宁愿要罗利。"乔闷闷不乐地说，"新买的小狗只会到处撒尿。"

"真是一次漫长的飞行，"爸爸说着，叹了一口气，"好好睡一觉，你就会觉得不一样的。"

爸爸似乎认为睡个好觉就会万事大吉。而妈妈呢，她相信新鲜的空气和运动。乔从没睡过好觉，对新鲜空气和运动也不感兴趣。

他们走到了出口处的旋转门。妈妈、爸爸和司机先推着行李车走了出去。然后是乔和北极熊先生。乔等着门转了一圈，把他送到了外面。经历了几个小时的旅程后终于来到室外，乔大大地张开了手臂。

"你好新世界，我来了。" 他大声喊着，引来了路人好奇的目光。乔瞬间被一种陌生感淹没，他垂下了双臂。不同的声音，不同的气味，甚至连空气也是不同的。他闭上眼睛又睁开，希望这只是个奇怪的梦。

"我去把车开过来，你们在这儿等一下。"司机说，"幸好我挂上了拖车，应该可以把熊放进去，没有太大问题。"

乔皱了皱眉头，熊在哪儿？他回头看见北极熊先生还在旋转门里一圈一圈地转着，堵住了所有人。

乔强忍住大笑，示意北极熊先生出来，可北极熊先生看起来正乐此不疲。等着出门的队伍排得越来越长，人们也越来越烦躁。熊一圈又一圈地转着。

"要是你想搭车，必须**立马**出来。"汽车停靠过来时，乔大声喊道。北极熊先生又转了一圈，然后踉跄着走了出来，看起来头晕目眩，摇摇晃晃地朝拖车后面走去。

"你们的熊经常旅行吧？"司机说，"他看起来好像很

有把握。"

妈妈、爸爸和乔互相看了一眼，耸了耸肩。他们怎么知道呢?

爸爸把乔抱进车里，安置好他的轮椅。司机确保北极熊先生在拖车里很安全后才坐上驾驶座，他打着引擎，检查了一下后视镜，把车开了出去。

沿途的城市建筑逐渐变成了一大片一大片的空地，树木紧紧抓着最后几片火红的秋叶，阳光却依旧暖得出奇。

"我记得你说天气会非常冷。"乔说着，脱掉了连帽衫。

"哦，很快就会冷起来的。"司机说，"别担心，几个小时内就能从阳光明媚变成冰天雪地，你永远也不会知道接下来会发生什么，所以生活在这里，最好做最坏的打算。"

"什么是最坏的打算？"乔问。

"暴风雪，气温骤降到零度以下，冰冻，大风，还有停电……"

"好的，好的。"爸爸嘟哝道，"我想我们已经晓得了。"

妈妈用手指使劲捏着一张纸巾。

"听起来很冷酷，"乔说，语气中带着一丝讽刺，"请原谅我一语双关。"他转过身又看了一眼熊，心想这种地方也许更适合北极熊生存，而不是人。

熊看起来相当自在，更确切地说，好像非常快活。他的鼻子迎风抬起，毛在身后飘动。乔晃了晃脑袋，他简直不敢相信自己正行驶在一个陌生国家的公路上，后面还拉着一头北极熊。

第3章
这里与那里

　　松林大道的形状宛如一颗巨大的棒棒糖。一条长长的公路笔直地通向山顶，又在山顶回转，形成一个巨大的圆形弯道，弯道包围的地方成了一座小岛。所有的房子都是崭新的，几乎一模一样。乔觉得它们更像小木屋，而不是房子。每座房子都有地下室，一楼只稍稍高出地面，有几级台阶和一道斜坡。到处是长满银绿色松针的高大松树，乔猜想，也许这就是"松林大道"名字的由来。真没想象力。当汽车停在那座肯定是他家的房子外面时，乔得出了这样的结论。

　　"哦，这也太**可爱**了吧？"妈妈有些激动过了头，额头都贴在了车窗上，"就跟照片上一样。我还从来没住过全新的房子呢。"

爸爸微笑着拉起了妈妈的手。

"我更喜欢老房子。"乔说。

"好了，好了，"爸爸说，"别那么消极。你还没看到里面呢，我有种感觉，等你走进去，你会非常开心的。"

乔翻了个白眼，他已经打定主意什么都不可能让他开心，除非他们**打道回府**。爸爸帮乔下了车，他们注视着司机打开拖车后挡板，北极熊先生慢慢后退着走了下来。

"我想他很快就会消失在松林里的。"司机说，"动物的适应能力很强——比人类强多了。那里有一大堆熊可以跟他交朋友，后面还有个大湖，他可以顺便抓点鱼吃。"

"只要不让我吃那湖里的鱼就好。"乔说着做了个鬼脸，"我讨厌吃鱼。"

"太可惜了，"司机说，"这一带可是钓鱼胜地，实际上，我自己偶尔也会钓一些。"

乔露出微笑，他刚好想到一个关于鱼的笑话。"您知道为什么给鱼称重很容易吗？"他问。

司机耸了耸肩。

"因为它自己有称①。"乔笑起来。

司机困惑地皱起了眉头。"您知道，**称**和**鳞**是同一个词

---

① 原文 scale，有"鱼鳞"的意思，也有"称、天平"的意思。——译者注

嘛。"乔试着解释，可是司机又耸了耸肩，看起来完全没有兴趣。乔摇了摇头，他还不习惯别人听不懂他的笑话。

他沿着斜坡慢慢上来，停在前门口等着。爸爸从衣袋里掏出钥匙，插进锁孔转了转，嘭的一声门开了。

"进去吧，"爸爸说，"都是你的了。"

乔打量着四周，慢慢移进去，木头味儿扑鼻而来，整栋房子就像一件不合身的套头衫。他转身看见爸爸抱起妈妈走进了门。

"欢迎来到新家，比奇罗夫特太太。"

妈妈咯咯笑起来，爸爸亲了亲她的嘴唇。

"哕！"乔说。爸爸把妈妈放了下来。

房子震颤起来，三个人不约而同地扭头看过去，北极熊先生出现在门前的斜坡上，巨大的脑袋从门口探进来，他的手提箱砰的一声掉在了门厅地板上。

"小心啊，北极熊先生！"乔说，"说不定爸爸也想要亲你。"

"我可没这么想。"爸爸说着，把北极熊先生赶出门外，让他退下了斜坡，"这房子可不是给熊住的。"

乔皱起了眉头："那他无处可去怎么办？"乔弯下腰，将手提箱上的标签翻过来，好让爸爸看清楚，"毕竟，标签上写的就是这个地址，至少得让他进门吧。"

乔·比奇罗夫特
松林大道44号

"别老担心北极熊先生了，快进去看看吧。"爸爸的语气听起来有些恼火，"老实说，他是头熊，不会有事的，我保证他能自力更生。"

可是，对乔来说，不管那头熊，是不对的。北极熊先生此刻正坐在斜坡顶上，歪着头，看上去十分沮丧。刚到一个新地方已经够糟糕的了，乔和家人至少还有栋房子可以住，北极熊先生有什么？一无所有！除了那个旧手提箱——转念一想，又比乔有的还要多。就算如此，把熊赶出去好像也太不公平了。

乔叹了口气，开始一间屋子一间屋子地探索起来。爸爸妈妈紧随其后，眼睛一直盯着他，满怀期待，眼巴巴等着他流露出一些喜欢新家的迹象。房子相当不错，这点不可否认，可乔并不喜欢。

"你想看看你的房间吗？"妈妈问。

乔耸了耸肩。他当然想看看自己的房间，可是他不想让爸妈因为他有那么一丁点兴奋而生出满足感。他下定决心要让他们知道他有多难过。如果他难过的时间足够长，没准他们会改变想法搬回去，爸妈总是会尽可能地让他开心。

妈妈指着尽头的一扇门说："那是你的。"

"哇哦！"他一进去便情不自禁地大声喊了出来。这个房间足有他原来的两倍大。有一扇大大的窗户，可以望见花园、远处的湖泊和群山。房间里有一台电视、一个游戏机，还有音箱。架子上放着一把电吉他，跟家里那把一模一样。有人竭尽全力为他打造了这个完美的房间。

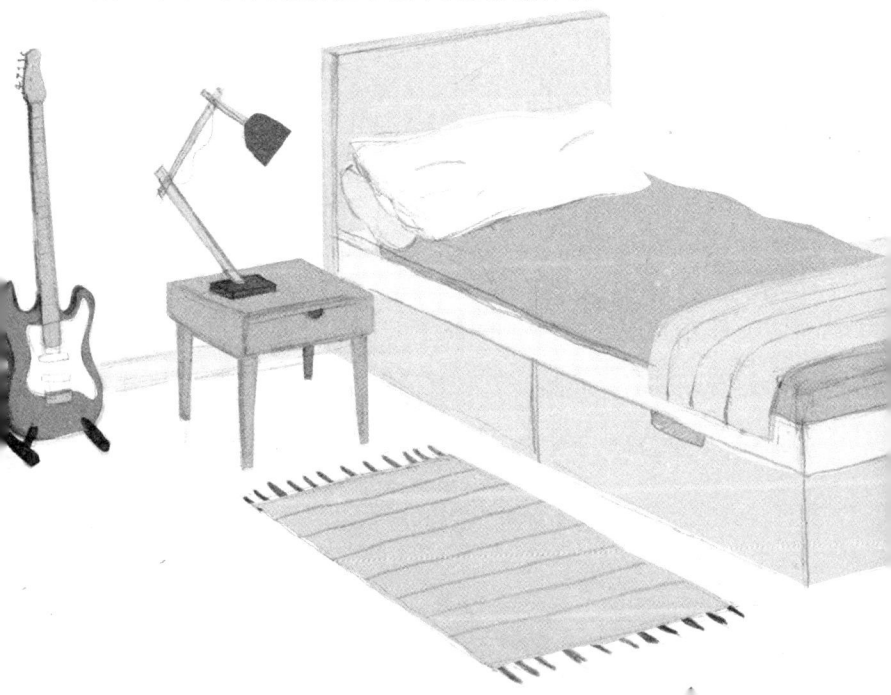

"觉得怎么样？"爸爸一边说，一边四处走动，将柜橱和抽屉打开又关上。

乔开始试图接受这一切。

这是**他的**房间——他睡觉、放松的地方。很难让人不心动，除了一切都太新、太完美。这里没有一样东西是他熟悉的。

"看，你还有自己的卫生间呢。"妈妈说着，推开了房间另一头的一扇门。

他探头往卫生间里看，淋浴、马桶、洗漱台，想要的东西应有尽有。乔情不自禁地微笑起来，他看见爸爸妈妈在传递眼神，爸爸还捏了捏妈妈的手。

"等你的东西到了、摆放好，墙上再贴上你的海报，这里立马就会有家的感觉。"爸爸说。

几周前，他们离开时的场景依然历历在目，乔所有的东西都被打包到箱子里，装入一个大集装箱，用卡车拉走了。他记得那时房间里变得空荡荡的，他试图想象那些东西漂洋过海、经过漫长的旅途出现在这里时，会让自己更好过呢，还是更难过，他拿不准。这座房子确实很酷，他不得不承认，不过这种酷更像是去度假的酷，而不是永远生活在这里的酷。因为这里不是他那个舒适的、散发着永远居住在此的气息的房间，这是永远无法改变的。

他来到窗前。远处，高低起伏的山峰宛如獠牙指向天空。北极熊先生正在花园里闲逛，四处查看。他把头伸进花园木屋，又沿着屋后的篱笆探险，他立起后腿以便更好地瞭望四周。

"他干吗要来这儿？"乔自言自语。也许北极熊抛弃了

正在融化的北冰洋，来到这个新地方，希望一切变得更好？就像爸爸妈妈，似乎总以为事情会越变越好。也许他也像乔一样迷失了自己？北极熊先生出了后门，快步向湖边走去，妈妈和爸爸也来到了窗前。他们一直注视着，熊宛如一尊雕像站在湖边，突然纵身一跃，用爪子在水里捞了一下，抓上来一条大鱼丢进了嘴里。

"我希望他不会给邻居们带来麻烦。"妈妈说着，叹了一口气。

"我最好去打几通电话，"爸爸说，"现在肯定已经有人报道一头北极熊失踪的消息了。"

乔努力想象谁会寻找一头失踪的熊，也许是他们拿错

了乔的行李？果真如此的话，他希望他们能照管好自己的行李。他交叉双臂抱在胸前，环顾了一下四周，没有自己的行李，不知怎的，乔觉得自己是多余的——所有的橱柜都空空如也，没有东西可放。

"我没啥行李可打开的，是吧？"他向妈妈嘟哝着，妈妈仍然盯着窗外，只是望着，并没有在看什么。她轻轻地摇了摇头，好像要把自己拉回现实世界，然后用手指理了理头发。她脸色苍白，眼睛下面出现了黑眼圈。

"咱们得去购物。"她说，"我列了个单子，航空公司给了一些钱，可以采购应急用品。"

"嗯，应急用品——比如应急内裤？"乔说，"也许还带着蓝色闪光灯？"

妈妈叹了口气，离开了房间。

乔跟在后面，去厨房找喝的。冰箱里有一些基本的食物，牛奶什么的。他发现了碗橱，找到一个玻璃杯，给自己倒了些水。

嗒……嗒……嗒

一只锋利的黑爪子在敲打玻璃窗。乔移动到窗前，北极熊先生把鼻子压在玻璃上，呼出的气形成了一大片白雾。乔也在玻璃上哈出一片白雾，然后在上面写出 **"你好"**。北极熊先生把头歪向一边，又歪向另一边，好像在努力理解乔写的东西。公平地说，从北极熊先生那边看，字是反的——所以就算熊识字，认起来也不容易。乔打开窗户，身体向前倾，两手托腮。北极熊先生把头放在爪子上。

"是什么风把你吹到这座房子来的？"乔问。北极熊先生眨了眨眼睛，鼻子伸得更近了一点。"我来这儿是因为我爸爸。他得到了一份**终身制的工作**——显而易见——所以我也被拖来了。你是被拖来的，还是自愿来的？"

熊默默地望着他，乔不知道拖着一头北极熊走来走去是否容易。

"好吧，我猜不管愿意不愿意，咱们俩都被困在这儿了。对我来说，我是绝对**不**愿意的。我的意思是谁会想住在

这种地方呢？"

　　这会儿，北极熊先生的鼻子几乎要碰到乔了，这让乔感到自己非常渺小，而且有些紧张。然后熊抬起一只毛茸茸的爪子，轻轻地放在了乔的一只手上。这是乔感受过的最沉的爪子，比罗利的爪子重多了，而且足足大了一百倍。乔把另一只手放在北极熊先生的爪子上，北极熊先生又把爪子放

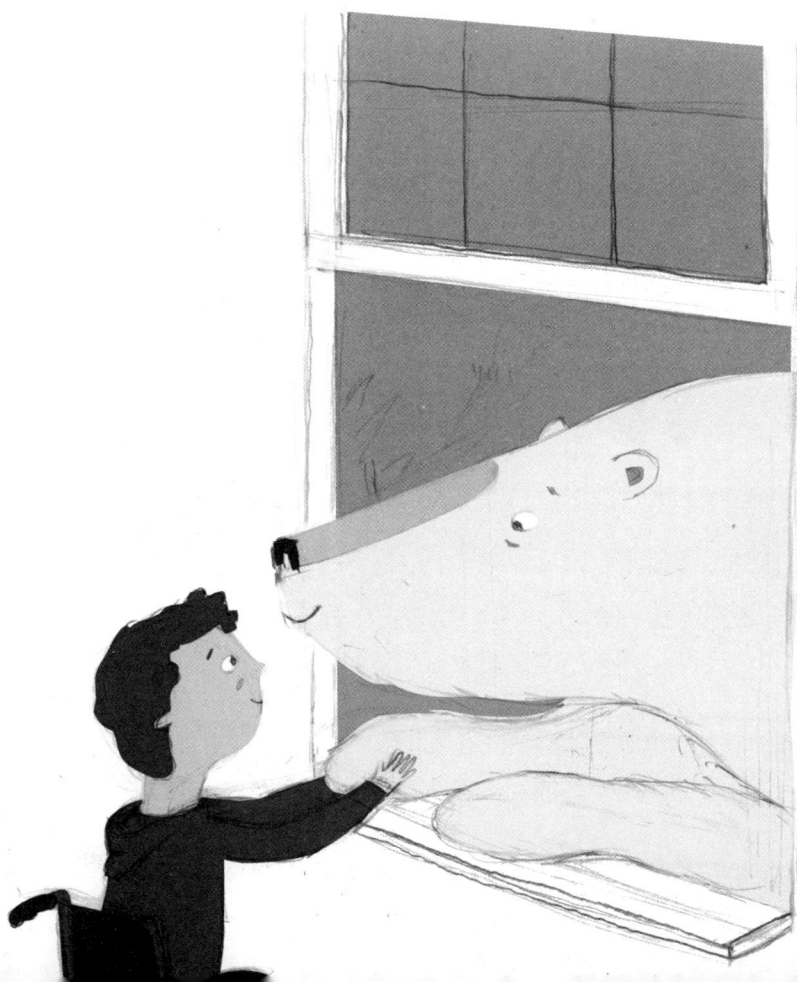

在乔的手上。他们玩起了一个很傻的游戏，就是轮流把自己的手或爪子从最底下抽出来，放到最上面。他们抽得越来越快，直到再也抽不动。北极熊先生慢慢向后倒在草地上，好像已经筋疲力尽。

"我小时候常跟朋友们玩这个游戏。"乔笑着说，"已经有好多年不玩了。"

北极熊先生打了一个大大的哈欠。他的嘴张得几乎和爪子一样大，而且更吓人。乔也忍不住打了个哈欠。于是他们

一个接着一个打起了哈欠。熊蜷缩身体，闭上眼睛，打起了呼噜。乔也想去睡一觉，可爸妈提醒过他时差的问题——他得按新时钟调整自己，努力保持清醒，直到该睡觉的时间。他看了看表，离上床时间还有几个小时，这时他听见妈妈走进了厨房。

"你觉得北极熊也会跟我们一样有时差吗？"

妈妈皱了皱眉："我认为大多数北极熊都不会坐那么久的飞机。"

"同意，"乔说，"可我认为北极熊先生跟大多数北极熊不一样，不是吗？"

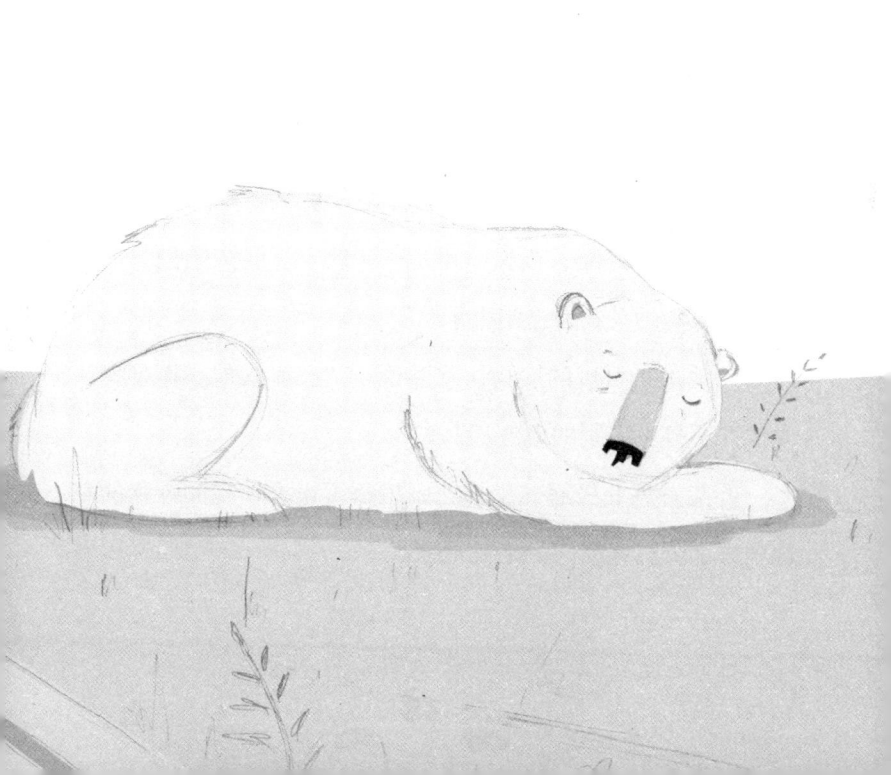

第4章

购物与失物

爸爸砰的一声挂掉了电话。

"他们都以为我是打骚扰电话的——以为我编了一个北极熊来访的故事。简直跟他们说不通。"爸爸两手捶着桌子，"咱们在家时可不会这样，立马会有人过来看看的。"

"我记得你刚才把这个地方称作'家'来着。"乔说。

"是的，好吧，没错，可是……算了。我想咱们只能期望这头可怜的动物自己消失了。"

"他不是可怜的动物，"乔说，"我喜欢他，而且我认为他并不打算去别的地方。"

乔能看见北极熊先生在花园里睡得正香，宛如绿绿的草地中央铺了一张巨大的毛皮地毯。

"你管喜欢晒太阳的北极熊叫什么？"乔问。

爸爸翻了个白眼。"我不知道。"他疲惫地说，"那你管喜欢晒太阳的北极熊叫什么？"

"太极熊。"乔边说边笑起来。

妈妈和爸爸一起哀叫起来。"真烂。"妈妈说。"蹩脚。"爸爸说。

乔耸了耸肩，"我只是想让大家开心一下。那咱们现在做什么？"他问。

"我不知道，"妈妈说，"你想做什么？**不要**说'回家'。"她补充道。

"那我就不知道做什么了。"乔说，"有啥可做的呢？"乔已经习惯从前那种忙来忙去的生活了，不习惯无所事事。如果他现在在家——那个真正的家——他就可以给朋友们打电话，邀请他们来家里玩游戏、看电视或只是一起待着。他还可以带罗利去公园散步，罗利在公园里有很多狗狗朋友，可是乔在这里既没有朋友，也没有罗利。这是一种让人混乱的感觉，他不能想太多，因为真的非常痛苦。他断定，这一定就是所谓的孤独感了，仿佛巨大的痛苦环绕着自己。乔没怎么感受过痛苦，因为他总是非常快乐——快乐几乎成了他的别名。爸妈说，他之所以那么受欢迎、被大家喜爱，就是因为他积极乐观。可那是在他原来的世界里，那里有一大群朋友一直支持他。这是完全不同的。

爸爸把一只手放在乔的肩膀上。"越早去学校越好。"他说，仿佛读懂了乔的心思，"你很快就会遇到一大群新朋友的，到时候就一切都好了。"

乔点了点头，爸爸是对的，一去学校就会好起来的。乔从五岁开始就一直在之前那所学校，他喜欢那里的一切，每个人都认识他，每个人都喜欢他。如今在这里，应该不会有什么差别吧？他很快就会交上一大堆朋友，他们会照顾他，陪他四处溜达。他尽量不去听心里那个小小担忧虫的窃窃私语，说这里的学校可能完全不同。他不是傻瓜，知道生活在另一个国家会让你成为一个**外来者**，来到一所新学校会让你成为一个外来者。而他具备这**双重外人身份**……如果再算上轮椅，那就是**三重外人**。乔的肩膀耷拉下来。

"我说，你们两个，"妈妈说，"愁眉苦脸地坐在这里也解决不了问题。咱们出去转转吧。需要买食物和乔的生活用品。没办法，咱们得忙起来，才不会困得想睡过去。"

"说得对。"爸爸站起来，"来吧！我本来打算把这个留到后面……不想让你一下子太兴奋。"

"兴奋？"乔说，"你管采购食物和衣服叫兴奋？"

爸爸搓着双手："我们在地下车库里给你准备了一个巨大的惊喜。"

"不会是另一头北极熊吧？"

爸爸用手指塞住耳朵，就像乔开始胡说八道时他常做的那样。他带大家走进前厅，打开一扇门，乔一直以为那是个橱柜。门一打开，整个地下室都亮了。一道长长的斜坡通向下面一个巨大的地下车库。车库里停着一辆乔见过的最大、最黑、最亮的皮卡。两侧的车门是那种微微凸出的，司机和乘客车厢的后面还有一个敞篷车斗。

"**哇哦！** 是我们的车吗？"乔被震撼到了。这辆车足有家里原来那辆的十倍大。

"确切地说，不是我们的。"爸爸说，"是公司租给我们的，我会去偏远的地方工作，而且冬天去那里需要带一些东西来应付路况。"

乔走进车库，想靠近看看，好奇爸爸要在这里做什么工作。他的手指滑过车子光滑的漆面。爸爸的工作经常需要出差，不过搬家还是第一次。

"这一定要不少钱。"乔说着，滚动轮椅，绕着皮卡转来转去。

"那不是我们该操心的。"爸爸说，"只要小心别撞上它就好。"爸爸打开司机门，坐进去，"好了，准备好了吗？等着瞧吧。"乔吃惊地看到副驾驶座的门向上打开，就像一只黑色大鸟的翅膀翘了起来。爸爸说："时髦吧？"

乔瞪大了眼睛，简直像电影里的一样。

"还不止哦！"爸爸非常兴奋地继续说。

伴随着一阵嗡嗡声和咔嗒声，车里滑出一个金属平台，落到了地面上。

"自己上来吧。"爸爸说。

乔把自己移动到平台上，爸爸过来固定好轮椅，然后按

下一个按钮，平台带着乔升离地面，从侧面滑进了车里。

爸爸的脸上绽放出灿烂的笑容，乔说不出话来。这辆车比家里那辆好多了，简直令人难以置信。

"你最好不要太习惯，"妈妈说，"五年一结束，咱们就会回去，重新开那辆旧车。"

五年！ 乔的兴奋感一下子消失了。妈妈的话听起来就像是让他坐牢。到他们回家时，乔已经**十六岁**了。十六岁！他真的能在这个地方挺过五年吗？

"我敢打赌，你现在已经改变对购物的想法了吧。"爸爸说。

乔摇摇头赶走思绪，他绝对没那么想，不过这辆车实在太棒了，他等不及想出去兜风了。

"可以拍照吗？"乔问，"我想给尼克发张照片。"尼克是乔的表弟，一个十足的汽车迷。他看汽车杂志，收集汽车模型，还经常在电视上看赛车比赛。尼克会**爱上**这辆车的。

"咱们还是先开到日光底下去吧。"爸爸说。

车库门上卷打开，北极熊先生正笔直地站在入口，注视着车门升起，他的鼻子也跟着慢慢抬高。

爸爸摇了摇头，平静地说道："哦，你还在这儿呢？"

他放下车窗。**"走开，快走开！"** 他大声喊着，"你得把路让开。"

北极熊先生往前走了几步，开始在车前嗅来嗅去，他举起两只前爪，放到引擎盖上，然后凝视着挡风玻璃，咧开嘴巴。爸爸鼓起两腮，按了一下喇叭，突然轰隆隆地发动起引擎。

北极熊先生慌忙朝旁边跳去，让开了路。爸爸一脚油门冲上斜坡，冲进了午后的阳光中。乔从后视镜里看着北极熊先生，他跟在车后追上了斜坡，爸爸在路上停下来，北极熊先生小心翼翼地爬进皮卡的后车厢，车被他庞大的身躯压得往下沉了沉。

爸爸手抓方向盘，深呼吸了三次，好像在努力让自己平静下来："他最好别把车刮花了，否则麻烦可就大了。"

"他正安安静静地坐着，"乔说，"我不觉得他会造成什么破坏。"

爸爸看了一眼后视镜："看看那家伙的**体格**，他坐在后面我们恐怕连城区都到不了。"

"不试试怎么知道？"乔说，"这可是一辆大马力皮卡。"

"没错——在这种情况下，这一点尤其幸运。"

"幸运？"妈妈拿着一个大大的购物袋，钻进车后座，刚好接上他们的话茬，"什么幸运？"

　　乔微笑着说："北极熊先生很幸运——他刚好能坐进皮卡的后车厢。"

　　"这样我们就可以带他到城市的另一头，把他放在一个他觉得更舒服的地方。"爸爸补充道。

　　"你打算这么做？不可以！"乔大叫起来，"他是我的，我签了字的，而且我认为他跟咱们在一起非常舒服。"

　　"他不是你的。"爸爸说，"签字时你根本不知道签的是什么。老实说，咱们养不了一头北极熊。人们会说闲话，要是他开始破坏我们的房子、我们的车，或是我们的花园……我的意思是，他甚至会让我丢掉工作！"

　　"那我们是不是就可以打道回府了？"乔满怀希望地问。

　　爸爸又深呼吸了三次。妈妈倾身向前，把手搭在他的肩

膀上："咱们去转转吧，多了解这一带对咱们有好处。暂时放下北极熊先生的事，外面是个全新的世界。"

爸爸还不习惯开这么大的车，所以进城的路上他不许有人说话。为了找到超市，他们在单行道上绕了三圈，爸爸和妈妈还吵了一架，爸爸不得不把车停下来。北极熊先生高高地坐在车后，四处打量着。最后他们终于发现了超市入口，爸爸把妈妈和乔放到超市外面，他去停车。

妈妈推着乔在这个巨大的超市里似乎足足逛了好几个小时，挑选她所谓的"必需品"，比如衣服和食物等。爸爸却始终没有出现。

等他们付完了所有东西的钱来到超市外面时，爸爸正等在先前他们下车的地方。可是却**不见北极熊先生**。

乔生气了，真的生气了。**"你对他做了什么？"** 他质问道。

"把他放在了一个让他更快活的地方。"爸爸说。

"那好，不告诉我他在哪儿，我绝不上车。"

"乔，他是头野兽，他不属于我们家，他会不习惯的。"

"我也不习惯。"乔愤恨地盯着爸爸说。

爸爸叹了口气："别把事情搞得更复杂，已经够糟的了。上车吧。"

乔闭了会儿眼睛，努力把正在发生的一切抛开。然后他把自己移进车里。"北极熊先生会回来的，"他说，"我们还留着他的手提箱，你知道有多少**野兽**会带着手提箱的？"

爸爸把脸伏在方向盘上，喇叭**嘀嘀**响了起来，所有人都朝他们看过来。妈妈和乔彼此看了一眼，笑起来。

"好，好吧，"爸爸说，"这样吧，如果那头熊回来拿他的手提箱，我保证会让他留下来。"

第5章

消息与风景

那天晚上，天很早就黑了。北极熊先生没有回来，他的手提箱放在乔房间的角落里。乔悲伤地望着黑黑的电脑屏幕，他答应过朋友们给他们写邮件，把发生的**一切**都告诉他们。他知道有很多东西要写，可是却没心情写下一个字。这次大搬迁让故乡的朋友们兴奋得一塌糊涂，每个人都说乔好幸运，真希望能跟他换换。起初连乔也很兴奋——至少对这个想法很兴奋。他大谈特谈这件事——仿佛这是世界上最棒的事情——现在他真的在这儿了，他不能辜负大家的期望。他环顾着这个完美的房间，他的新游戏机，他的吉他。这会是别人梦寐以求的房间，乔想要的全都有了，他知道自己是幸运的，可问题是……对他来说，这些不是真的重要，真正重要的是人——是朋友。乔知道他绝不能因自己的伤感和思乡之情让朋友们失望，那并不是他们想听到的。

乔的眼皮开始下垂，时差反应来了，他不得不晃醒自己，努力睁大眼睛。他算了算时差，羡慕朋友们此刻正躺在床上酣睡。这是一种奇怪的感觉，乔好想知道自己的新床是不是跟原来家里的一样舒服。他伸了个大大的懒腰，强迫自己打开了电脑，查看一下邮件。

To: 乔

From: 诺亚

你怎么还没给我发消息？我想知道所有的情况。

诺亚

诺亚是乔认识最久的朋友，他们是在同一天、同一家医院出生的，不过乔比诺亚早生四小时二十六分。诺亚的父亲是位音乐家，他教乔弹吉他，差不多有三年了。诺亚学习打鼓。他们住在——**以前**住在，乔纠正着自己——相邻的街区，诺亚父亲在车库里弄了一间音乐室，诺亚和乔经常在一起练习，在车库里玩。谁能代替这么一个朋友呢？

乔叹了口气，按下**回复键**。他决定无论如何要让自己显得很高兴。

嗨，诺亚：

这里一切都好，我们的房子非常漂亮，我的卧室也棒极了。我们有一个超大的车库，你爸爸肯定喜欢，我很快会给你发照片的。

这是一个古怪的地方，人也都有点奇怪，虽然我还没有见过很多人。我的手提箱在机场丢了，但是换来了一头北极熊。我可不是在开玩笑哦。爸爸说熊不能跟我们住在一起，就把他送到野外去了，可是我真希望他会回来，因为他非常非常酷。

你们不在身边，一切都不一样了，但我想我会适应的。

如果你看见罗利，替我紧紧抱一下它。

乔

乔反复读了几遍邮件，然后按下了**发送键**。真希望诺亚在这里，希望罗利在这里。妈妈端着一杯热巧克力走进来。"爸爸把火生着了，你干吗不来客厅跟我们待在一起，干吗自己坐在这儿？客厅里又温暖又舒服，要是你想，咱们还可以玩个游戏。"

乔打了个哈欠，又伸了个懒腰。他的脑袋迷迷糊糊的，眼睛也感到刺痛。他啜了一小口巧克力："我太累了，妈妈，我觉得脑袋都要从肩膀上掉下来了。"

"那可太让人沮丧了。"妈妈说。

"不过那样我就更容易看到床底下了。"乔说，极力回归那个爱开玩笑的正常的自己。

妈妈微笑着，走过去拉上窗帘。

"别拉上。"乔说，"我宁愿开着。"这是一个晴朗的夜晚，有一轮满月。乔记起了奶奶说过的话，无论他们离得多远，都能被同一个月亮照耀。不知为何，把月亮关在外面，就好像把自己封闭在孤独中一样。

"试过吉他了吗？"妈妈问，"练习一会儿可能会让你精神一点。"

"有什么意义？"乔耸了耸肩，"没人跟我一起练习，也没有什么可练习的。"去年，诺亚和乔邀请艾莉和卡莎加入了他们的乐队。卡莎琴弹得好，艾莉歌唱得棒。今年他们还赢得了当地校际比赛的冠军，其他学生都把他们当作传奇人物，甚至还有个女孩请乔签名呢，好有趣啊。现在那些美好的记忆都成了悲伤的回忆，他一眼也不想看自己的吉他，也不愿想到音乐。他垂下眼睛盯着地板。

"嘿，我们的快乐乔去哪儿了？"妈妈问。

乔努力挤出一丝微笑。

"你今天做得不错，"妈妈说，"我知道这很难，但要是你能再努力让自己清醒一个多小时，就会帮你调整你的新生物钟。"

乔想告诉妈妈，他不在乎新生物钟。而且，要是她认为他做得不错，那她可是大错特错了。乔内心深处真的感觉非常糟糕。他移动到窗前，这样妈妈就看不见他眼角闪烁的泪光了。月亮飘浮在湖上，苍白而阴森。有什么东西投下了一个影子，一个大大的熊影！

乔眨着眼睛晃了晃头，想看看自己是不是出现了幻觉。那是北极熊先生——正是他没错！

"他回来了。"乔小声说道，"妈妈，看！北极熊先生回来了。"

妈妈走到窗前，和乔碰了碰拳头。有了好事他们总会这样。

"我就知道他会回来。"乔说，"我就知道爸爸错了，北极熊先生想要跟我们在一起，他不想去别的地方。"他看见熊正缓缓地绕湖而行。再次看见北极熊先生，乔好想放声大笑。

"你说北极熊一直自己生活会感到孤独吗？"

"我不知道，"妈妈说，"我认为他们是独居动物。"

"不像人类。"

"有些人也会独居。"妈妈说。

"可我不是。"乔说。

"对，你不是。"妈妈笑着揉乱了他的头发。

乔把头闪开了："别这样行不行啊？你知道我不喜欢。"

"我只是确认一下，看看你的脑袋还在不在肩膀上。你最好过来把这个消息告诉你爸爸，他得遵守诺言，让北极熊先生留下来，他答应过的。"

这时，北极熊停下了脚步，抬起头仰望着夜空。月色将他站立的轮廓映衬得如此美丽，乔打了个寒战。乔好想知道，在这个世界上，是不是无论在哪里，月亮看起来都是一样的。朋友们望着月亮时也会想起他吗？他好希望会如此。

客厅里温暖的橘色火光和外面的阴冷形成了鲜明的对比。在合上眼睛之前，乔勉强应付了两局卡牌游戏，他累得要命，眼睛再也睁不开了，甚至不记得被抱上了床。

那天夜里，他梦见自己和乐队一起演奏，然后在奇怪而陌生的黑暗中醒过来，一时竟忘了自己身在何处。他摸索着找到灯的开关，亮光充满了整个房间，他环顾四周，想搞清楚自己是在哪里。

渐渐地，他记起来了，原来这里是他的新世界。

第6章
专程与赛程

乔一定又睡了过去，因为他被外面的一片嘈杂和混乱声吵醒了。首先是割草机的突突声，准错不了，这没什么大惊小怪的，爸爸执着于把草坪修剪成整齐的条纹状。可是，还有别的东西。乔坐起来，揉了揉眼睛。每隔几秒钟，他就看见一个疯狂的巨型毛球以最快的速度从窗

前一闪而过。是北极熊先生，他一定是被吓坏了。也许北极熊先生以为爸爸也要把他的毛剪成条纹状吧！想到一头条纹北极熊，乔忍不住咯咯笑起来，不过他只笑了一小会儿。乔开始担心，爸爸会把北极熊先生吓坏，会把熊吓跑的。

"早上好。"妈妈从门口探进头来说，"睡得怎么样？"

"睡睡醒醒。"乔说。

"我也是。"这时，北极熊先生一闪而过的身影吸引妈妈走到了窗前，她用手捂住嘴，好让自己不大笑出来。

"一点都不好笑。"乔说，"看看那头可怜的动物，已经被吓得半死，我怀疑他以前从来没见过割草机。赶紧叫爸爸停下吧。"

"叫你爸爸停止修草坪？别开玩笑了。"

乔知道妈妈是对的。"要不然，"他说，"快帮我下床，我好去救北极熊先生。"

"好吧，"妈妈说，"不过**可别**让他进屋，你爸爸会发火的。"

乔一坐进轮椅，立刻就冲出了房间。他把两根手指放在嘴边，吹了一声尖厉的口哨，穿透了割草机的轰鸣。北极熊先生停下脚步转过身，看见是乔，马上飞快地朝乔跑过来，差点儿扑到乔的膝盖上。他张开两爪，搂住了乔的脖子。搂得太紧，乔差点儿窒息，更不用说开口说话了。

"嗨，北极熊先生，欢迎回来。"乔咕哝着，嘴里塞满了北极熊的毛。他轻轻地抚摸着熊，想让熊平静下来。可怜的动物吓得浑身上下抖成一团，乔得把他带到屋里去，除此以外他还能怎么办呢？

他稍稍后退，北极熊先生松开了前爪。"跟我来。"乔小声说道，"里面安全，只要你不出声，没人知道你在这儿。"

乔检查了一下，确保妈妈没在看着他们，然后带着北极熊先生穿过走廊，走进他的房间。当割草机靠近窗前，北极熊先生趴到地上，扯下乔的羽绒被盖在自己身上，一动不动地趴在那里。

"欢迎来到我的房间。"乔说，"别客气，跟在自己家一样。"

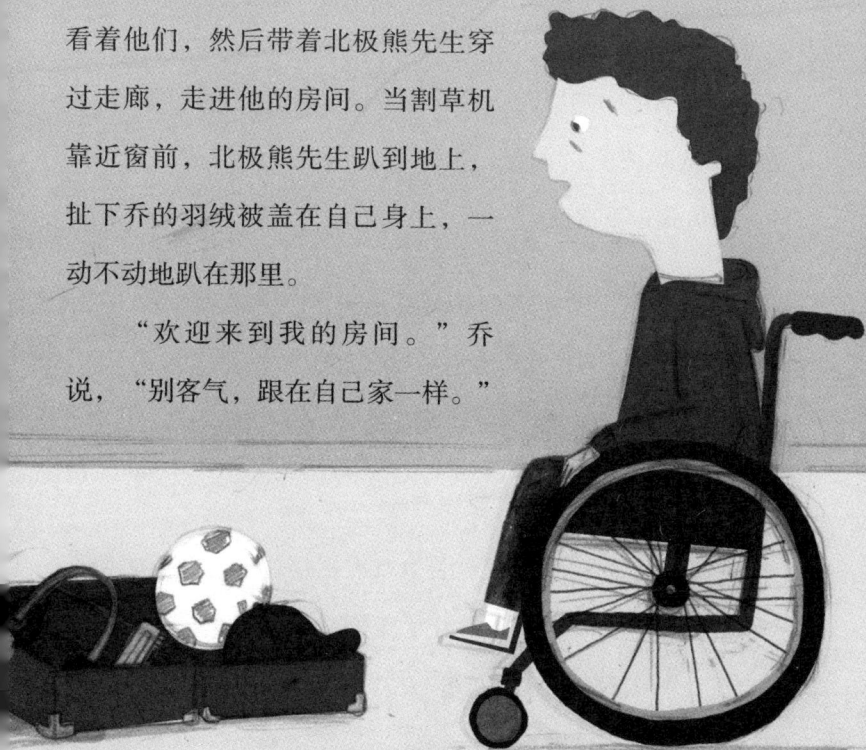

北极熊先生用两只爪子拉着羽绒被捂在耳朵上。

"别担心，爸爸就快弄好了。"

爸爸还在来来回回地修剪，直到凌乱的野草被弄成一明一暗完美的条纹状，与原野上的湖泊和远山形成了一种奇怪的反差。乔听见割草机的声音渐渐变小了。

"你现在可以出去了。"乔小声对北极熊先生说，"已经修剪完了，在有人发现你之前，咱们最好到外面去。"

可是北极熊先生不想动。乔明白他的感受——明白那种想躲避害怕之物的感觉，可乔也知道躲避无法解决问题。他轻轻地掀起被子："嘿，出来吧！你很快就会适应割草机的。相信我，下次就不会那么吓人了。"

北极熊先生把被子拉回头顶，乔绞尽脑汁想把北极熊先生诱惑出来，他四处看了看，发现了北极熊先生的手提箱。他捡起来放到北极熊先生的鼻子前。

"这里面有什么？"乔问，把被子从北极熊先生的眼睛上掀开。

一看见手提箱，北极熊先生就慢慢爬过来，用他的爪子尖小心翼翼地按开箱扣，打开了盖子。乔看见里面塞着一些奇奇怪怪的东西：一个足球，一副耳机，一顶帽子，一把口琴，还有一只玩具猴子。

"这些东西都是你的吗，北极熊先生？"乔问。

北极熊先生用爪子轻轻地摸了摸每样东西，然后抓起耳机，戴在耳朵上。

乔不太确定自己期望在一头北极熊的箱子里看到什么，便俯身凑近细看，可是北极熊先生却啪嗒一声合上箱子，重新把头缩回了被子下。

♫♪　叮咚叮咚叮咚　♫♪

♪♫　♪

一阵可怕的噪声响遍了整栋房子，乔认为那只能是门铃声。他希望不是邻居们来投诉北极熊先生在湖里抓鱼或者在草坪上蹦来跑去的。

叮咚叮咚叮咚

乔等着妈妈去应门，他移动到卧室门旁，好听得更清楚。"嗨……欢迎……见到您很高兴。"叽里呱啦，叽里呱啦。

"乔，"妈妈喊道，**"乔——噢。"**当妈妈喊乔时，她会用这种聪明的方法把乔的名字变成两个字。"我们有客人。"乔听见妈妈的脚步正沿着走廊过来。

"啊-哦，"乔说，"麻烦来了。"

"乔！"妈妈又叫了一次，乔还没来得及挡住妈妈的路，她就推开了门。

"我的天！"妈妈走进房间，愣住了，"那头熊在你被子底下干什么？"

"在躲避。"乔说，撒谎没有太大意义。

"躲避什么？"

乔耸了耸肩："他不想见客人？"

"我看是你不想见客人。我告诉过你，别让那头熊进屋来。还有，你怎么知道自己不想见呢，你连他们是谁都不知道。"妈妈急切地小声说道。

"那他们是谁？"乔也小声而急促地回应。

"爸爸的新同事，还有他儿子，跟你同岁，还跟你同校同年级。他们正等着见你呢。"北极熊先生在被子下向外偷看。

"他干吗戴着你的耳机？"

"那不是我的，"乔说，"是他自己的。"

妈妈把耳机拿过来，检查了一番，又放到一边。"好吧，北极熊先生，"她说，"**你**待在这儿，等会儿再回来处理你。"

乔向北极熊先生做了个抱歉的表情，然后跟着妈妈出了门。走近厨房时，乔听见一个男人在说话："我们很想知道乔喜不喜欢冰球，学校里有四支球队，对吧，奥斯丁？刚好我是主教练。冰球是极好的了解人、享受快乐的方式。"

乔慢下来，看了妈妈一眼，便全速前进，几乎是滑进厨房的。

"我不知道自己能否给您的球队帮上什么忙。"乔的话有点咄咄逼人，"嗨，我是乔，很高兴见到你们。"他等着他们中的谁能伸出胳膊来跟他握手。

他看见那男孩正盯着自己看——好吧，是在看他的轮椅——然后便盯着地面。失望、尴尬，写在他的脸上。这种表情乔以前见过，不过通常总是有朋友支持他，而现在却没有。

乔把手伸向了那个高大、秃头、壮得像头牛的男人。

男人上下摇晃着乔的手臂，差点儿把他的手捏碎："嗨，很高兴见到你。我

是西蒙·怀尔德曼，这是我儿子，奥斯丁。"

怀尔德曼先生轻轻地推了奥斯丁一下，奥斯丁向前走了一步。他有一头直发，脸上长着雀斑，跟他爸爸一点都不像。奥斯丁很害羞地抬起一只手说："嗨。"

"我们给你带了礼物。"怀尔德曼先生说，"对吧，奥斯丁？"

奥斯丁摸了摸口袋，掏出一个信封。从

他脸上的表情看，他似乎不太确定要不要把信封递过来。

"这是周末冰球比赛的门票。"怀尔德曼先生说，"是这周六的一场大型比赛。奥斯丁的哥哥在本地球队效力——总有一天奥斯丁也会的。"怀尔德曼先生看着儿子，脸上绽放出无比的自豪。奥斯丁看起来却没那么确定。

"你喜欢冰球吗？"奥斯丁问。

"冰球运动在我们那儿没有那么流行。"乔说，心想观看冰球比赛肯定跟看鼻涕虫赛车一样刺激。

怀尔德曼先生翻了个白眼："好吧，如果你不支持本地球队，那你住在这儿就没啥意义了。"

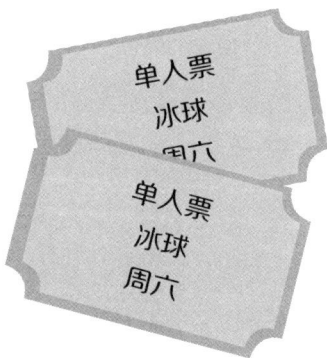

"我相信我们会很愿意支持本地球队的。"爸爸笑着说，"是不是，乔？"

乔疑惑地看着爸爸，爸爸甚至比他还讨厌体育运动。

"和运动相比,乔其实更喜欢音乐。"妈妈用柔和的声音说道。乔真想钻进地缝里去。他猜想,只要提到音乐之类的,像怀尔德曼先生这样的人准会无聊到打呼的。妈妈干吗要提这个?

可是,让乔吃惊的是,奥斯丁竟然咧嘴笑了:"我也喜欢音乐,我在学校弹尤克里里。我弹得还不太好,但我们必须要选择一种乐器来学,所以我就选了这个。"

怀尔德曼先生放声大笑起来,对奥斯丁的话不屑一顾,仿佛学尤克里里是他听过的最蠢的事。奥斯丁拖着脚步走开,眼睛盯着地面。"是这样的,"怀尔德曼先生严肃地说,"如果你们真想融入这里,那么冰球是最好的选择!"

"可是乔不能跟我们坐在一起啊。"奥斯丁说着,看了看乔的轮椅。

"那有什么关系,"怀尔德曼先生说,"重要的是比赛,轮椅不是问题……根本不是事儿。全新的大型体育场,设备样样有。"

乔决定自己判断。一个地方仅仅宣传对轮椅友好,并不意味着对坐轮椅的人也同样友好。不能和朋友们坐在一起,那可不是乔对"友好"的定义,在家的时候,朋友们都会来跟他坐在一起。

"那么，你们愿意参加吗？"怀尔德曼先生从奥斯丁手里拿过票，递给爸爸，"我们为你们准备了四张票，还有一些球迷装备——帽子、泡沫手指之类的，会让你们更融入人群，而且我们可不希望你们错误地支持了错误的球队。"他大笑着走到一个大袋子旁，"我敢保证，只要你们看过一次比赛，就会被吸引住的。"

"我们只需要三张票。"妈妈说，"就我们三个人。"

"四张，"乔说，"北极熊先生肯定想参加。冰球正合他意。"

"北极熊先生？"怀尔德曼先生问。

"是我的北极熊。"乔说着，瞟了爸爸一眼。爸爸眯起眼睛，露出警告的神色。

怀尔德曼先生摇了摇头："毛绒玩具是不需要门票的，尽管把熊带来，没问题。别担心多余的门票，奥斯丁有一大堆朋友都想来呢。"

一大堆朋友。每个字都像一记重拳打在乔的胸口，让他非常生气。事实上，怀尔德曼先生已经开始让乔不舒服了。

"其实，北极熊先生不是毛绒玩具，他是一头真正的北极熊。"乔保持着平静的语气，"我想带他来是因为他可以跟我坐在一起、陪着我，因为奥斯丁和他的朋友们不能跟我坐在一起。"

接下来是一阵尴尬的沉默，看见父母全然无助的尴尬模样，乔觉得很好笑。他把两根手指放进嘴里，吹出一声响亮的口哨。从卧室的方向传来了

扑通，

扑通，

扑通

的声音。毫无疑问，那正是北极熊的脚步声。过了一会儿，北极熊先生从厨房门口探出头来，眨巴着眼睛，看着这一群人。

"所以……"乔说，他望着怀尔德曼先生震惊的面孔，语气中流露出小小的胜利感，"……这就是北极熊先生。"

奥斯丁往旁边跳了一步，几乎完全躲到了他爸爸背后，而怀尔德曼先生同时也往后退了一步，一下踩到了奥斯丁的脚。

北极熊先生用两条后腿站起来，毛茸茸的大脑袋蹭到了

高高的天花板。他实在太高了，怀尔德曼先生显得很小。怀
尔德曼先生的眼睛一眨一眨，脸上的表情妙极了。北极熊先
生伸出一只毛茸茸的大爪子，乔等着看接下来会发生什么。

怀尔德曼先生慢慢地、小心翼翼地向熊伸出一只粗壮的手臂，握住北极熊先生的爪子，开始上下晃动。也许北极熊先生以为这是个游戏，便抓着不肯撒手。怀尔德曼先生的额头上渗出了密密麻麻的小汗珠，乔强忍住爆笑，憋得都快炸开了。

"见到你很高兴，北极熊先生。"怀尔德曼先生用极高的嗓音说道。北极熊先生咧开嘴露出一个大大的微笑，怀尔德曼先生的手臂一上一下、一上一下地晃动着。最后，熊终于撒开了爪子，怀尔德曼先生的胳膊无力地垂到了身侧。

乔等着看奥斯丁会怎么做。奥斯丁直直地看着乔的眼睛，他从爸爸身后走出来，伸出瘦瘦的胳膊握住北极熊先生的爪子，他轻轻地摇了摇，从爸爸那里拿出那张多余的票，递给了乔。

"带熊来吧，"他说，"可真酷。"

"好的，"乔说，"那么星期六见吧。"这时，北极熊先生已经把鼻子伸进了放球迷装备的大塑料袋里，把里面的东西扬得到处都是。

怀尔德曼先生用一块带波点的大手帕擦了擦脑袋，又看了看手表："我们得走了，今晚还有冰球训练。咱们赛场上见。"他皱着眉头看了一眼北极熊先生："希望你能管好你的动物。"

"哦，他很乖的……大多数时候。"乔说，"只要您别惹恼他。"

怀尔德曼先生侧着身子从熊身边走过，然后直奔前门。奥斯丁经过时，友好地摸了摸北极熊先生。

妈妈、爸爸、乔和北极熊先生望着怀尔德曼先生的车驶下了松林大道。

"嗯，他们真不错。"妈妈用她最快活的声音说。

乔抬起头望着天花板。

"没错。"妈妈强调道，"送这些票给咱们，实在太善良了。我敢说你和奥斯丁……"

"哦，拜托，老妈，他玩**尤克里里**和**冰球**，而且他几乎没怎么说话。让我和奥斯丁成为朋友，就像让饥饿的北极熊跟海豹交朋友一样不可能。"

北极熊先生低下头，发出一声低吼。

"什么？"乔抬头看着熊。

妈妈把手搭在北极熊先生的背上。"我同意熊说的话，"她说，"不要太急着评判别人，第一印象往往是错的。"

"你什么时候会说熊语了。"乔说。他没心情听教训，便回到自己房间，啪的一声关上门，打开笔记本电脑。他需要跟真正的朋友交流。

第7章

表演与买单

To: 乔

From: 艾莉

问: 你走后我怎么称呼咱们学校?

答: 无乔区。(哈哈,明白吗? 就像无人区,只是……你知道的!)其实,也许应该是无笑区。老实说,自从你走以后,我再也没笑过。

简直无法想象艾莉不笑的样子,她跟乔一起讲笑话时,他们笑得肚子都疼了。乔不知道是否还能再那样笑上一次。他才认识她三年,不过她是那种能把一切都变得有趣的人。她总是支持他,确保他安全地上下公交车。乔继续读下去。

说真的，没有你，学校实在无聊。普理查德先生说我们会做点什么来改变一下现状的！我认为他不是真心的，因为他总是看着你坐过的位子，露出忧伤的神情。你已经开始去新学校了吗？遇到不错的人了吗？诺亚让我问你那头北极熊回来了没。我猜那头熊只是开玩笑的吧？

爱你的，艾莉

To: 艾莉

From: 乔

首先，北极熊回来了，那可不是个玩笑（见附图）。

到目前为止，我只遇到了一个人，他的名字叫奥斯丁·怀尔德曼。怀尔德曼！[1]你能相信吗？他**还好**——狂野得就像一只温顺的狮子狗，还不太会笑，所以我不敢说我们会成为好朋友。他爸爸倒是挺吓人。我想我给他们留下的第一印象并不好，因为我对冰球一无所知，而这里的**每个人**都是冰球迷（至少怀尔德曼先生是这么说的）。所以看起来我真的（不）会好好融入这里的。

学校下周开学。

我会跟你保持联系的。

乔

---

① Wildman，也有"野蛮人"的意思。——译者注

一条信息立刻回复过来。

From艾莉：冰球很好玩啊。你应该去看一场比赛。

From乔：希望你是对的，我打算明天去看比赛。

From艾莉：祝你冰得愉快。哈哈哈哈，明白吗？祝你玩得愉快。

From乔：别再解释你的笑话了，我当然明白，我又不是傻蛋。

From艾莉：对叭叭叭起。

乔觉得自己真的非常、非常、非常想念艾莉，也许他是在想念那种开怀大笑的感觉吧。

From艾莉：看看这个链接。

乔点击链接，出现了一大堆关于冰球的信息。典型的艾莉，样样事她都弄得非常清楚，要是乔有什么担心的，她立马找来所有信息。她的理念总是——*如果你不去试，你就永远不知道*——那就意味着乔不得不多尝试，只是为了止住她的唠叨。有时候让人很烦，但她却让乔做了很多如果不是她乔绝不会去做的事。现在乔真希望艾莉就在身边。他开始浏览那些信息，这时又来了一封电邮。

From艾莉：诺亚告诉你了吗？苏西想接替你在乐队的位置。老实说，我没那么兴奋，但我们需要找个人。今非昔比了。

乔把自己从电脑前推开，这样他就看不到屏幕了。几个月以来苏西一直想挤进乐队，她自以为是个相当棒的吉他手，虽然她弹吉他的时间远不及乔久。更糟糕的是，苏西非常霸道。大家怎么能让她进乐队接替自己的位置？没人能替代他的位置。那样可太糟了。

为了证明这一点，乔拿起他的新吉他，插上音箱，开始拨弄琴弦，弹了几个和弦。三十秒不到，北极熊先生的脑袋就从门口探了进来。他小心翼翼地走进房间，把鼻子压在琴弦上，音箱发出轰鸣和尖啸，北极熊先生转过身，蹲坐在音箱前，冲它咆哮，准备扑上去。

"别碰！" 乔说，"离那儿远点儿。"他又开始弹奏，不一会儿北极熊先生便随着节奏摇摆起来。乔调大音量，北极熊先生摇摆得更欢了。

"好吧，迪斯科熊先生，"乔笑着说，"等着瞧吧！"

乔打开迪斯科球的开关，卧室里突然充满了彩色光点，在北极熊先生亮晶晶的小黑眼睛里旋转舞动，投射在北极熊先生的皮毛上，宛如一道道小彩虹。音乐声响彻了整栋房子，很快，北极熊先生和乔就在房间里拼命地大摇特摇起来。

乔已经快忘了这种感觉，它是如此闪耀迷人，但有点闪耀过了头，连爸爸气冲冲地推门而入都没看见——直到爸爸关掉了音箱，房间里突然陷入一片重重的

沉默。

乔停止了弹奏，北极熊先生停止了摇晃，喘着粗气。

"老天爷，你到底怎么了？"爸爸大喊，"隔壁邻居已经过来投诉了，显然这里有规定禁止做这种事。"

乔心里那个幸福的大气球漏气瘪掉了。北极熊先生严肃地看着爸爸和乔。

"不是我的错。"乔说，"北极熊先生想一起玩，我们玩得很开心！"

爸爸的表情柔和下来："是啊，可我们可怜的邻居**不想**一起。他们可不开心！说句公道话，乔，声音实在太**大**了。"

"我们在家时可没人投诉过。"

"那可能是因为诺亚家的车库有专业的隔音设备，多亏了他父亲。"

"那你得给我们家的车库装上隔音设备。"乔要求道。他把吉他放回吉他架，关掉了迪斯科灯。

"谁来掏钱？你已经有了这么多新装备，还不够吗？"爸爸说着，声调又开始提高了。

"不！我要的不是这些！"

"乔，"爸爸说，"你到底怎么了？"

"苏西想取代我在乐队里的位置。"乔不假思索地脱口而出。

"啊，"爸爸脸上露出恍然大悟的样子，"那么这就是关键所在喽，他们这么做你应该感到高兴才对，难道你想看到只是因为你离开了，乐队就土崩瓦解吗？"

"是的。"

"那诺亚和艾莉怎么办？"爸爸问，"对他们来说太不公平了，不是吗？生活不会因为你离开就停下来。谁知道呢，没准儿你会在这儿组建一个新乐队呢。"

"不可能，那可不是一回事。"

"当然不是一回事，生活不会总是一成不变。我们得适应新情况，还要充分加以利用。世界不会围着你乔·比奇罗夫特转，我们得向前看。"

"我们不是必须要向前看，"乔说，"是你自己决定向前看的。"

北极熊先生打了个大大的哈欠，挨着爸爸坐下来。

"北极熊先生啥时候认为他可以住在你房间里了？"爸爸问，"我猜那是你自己的决定吧？"

北极熊先生一边听着他们的争吵，两只爪子倒过来倒过去的。

"不，是他自己决定的。我猜他已经决定充分利用他的新情况了。"

"答得好，"爸爸的脸色突然缓和下来，露出了微笑，"好吧，那我就不打扰你们了，我还有工作要做。不过你要是想练吉他，拜托把音量调小点，我们可不想跟邻居们为敌。"

爸爸离开后，乔默默地坐了一会儿，试图弄清自己的心绪。他还不习惯爸爸跟他争吵，乔已经我行我素惯了，喜欢随心所欲。想大声弹琴，就大声弹琴。想不去看冰球比赛，就不去看。然而在这个新世界，事情似乎变得不再一样。

"问题是，北极熊先生，"乔难过地说，"乐队是我和诺亚创建的，那是**我们俩**的。不可以有人插进来取代我的位置。我被孤零零地困在这里时，苏西凭什么享受所有的快乐？这对我公平吗？"

北极熊先生把下巴搭在乔的膝盖上，抬眼看着他。

　　"我想你不会明白的，你只是一头北极熊而已。我敢打赌你甚至连乐队是什么都不知道。"

　　北极熊先生叹了一口气，脑袋垂到了地板上。

第8章

人潮与浪潮

To: 乔

From: 尼克

　　最近怎么样，伙计？谢谢你的新车照片。羡慕嫉妒！妈妈说我洗一千次车就能攒够钱去看你了。今天我洗了爸爸的车、奶奶的车，还有哥哥的货车。连洗三辆，还剩997辆！十年后再见！

尼克

　　冰球比赛那天早上，吃过早饭北极熊先生就不见踪影了，乔忙着打电动游戏。看见尼克发来邮件，他感觉既好又糟糕。尼克洗车简直成了传奇，他总是在为了什么事洗车赚钱——有时是为了捐款，有一次是为了攒钱参加学校夏令营。通常，他是为了存钱买新的电脑游戏。他会自己先玩上几个星期，然后挑战乔。尼克喜欢赢，乔也一样。妈妈和朱莉姨妈说，当乔和尼克争夺冠军时，乔的房间更像战场而不是卧室。看来乔得想办法再找997辆车让尼克洗。尼克能来这儿实在太好了——但让他攒够钱来这里的可能性却几乎是**零**。

乔看了看表，现在还不到出发去看冰球比赛的时间。他戴上耳机，重新回到游戏中……直到他的眼前突然变得一片漆黑！有什么软软的、海绵一样的东西蒙住了他的眼睛。根据这股鱼腥味，乔断定蒙住他眼睛的不管是什么，肯定都和北极熊先生脱不了干系，尽管感觉不怎么像北极熊的爪子。眼睛上的东西移开了，乔转过身，眼前是他从没见过的一幅景象！北极熊先生头上顶着绒球帽，两只爪子上戴着巨大的泡沫手套，指尖上写着**贝尔顿熊**。北极熊先生转着圈跳舞，两只爪子交替着指向天空。

"**妈妈！爸爸！**"乔大笑起来，"快来把这头疯熊弄出我的房间，免得他大搞破坏。"

妈妈和爸爸出现在门口，也戴着绒球帽和大手套。

乔的脸伏在桌子上。"你们都在干吗呀？"他哀叫道。

"当然是为比赛做准备啊。"爸爸说。

妈妈把绒球帽和一副泡沫手套递给乔："给你，这是你的装备。哦哦——快看！——这个**贝尔顿熊**队徽看起来很像北极熊先生耶，简直就是命运的安排。"

妈妈和爸爸挨着北极熊先生的脸举起泡沫手套，乔不得不承认，这个队徽确实跟北极熊先生有点像，但想想球队的名字，就不觉得奇怪了。

"要是我决定不支持贝尔顿熊队呢？要是我想支持对方

球队呢？"

"不要自找麻烦，"爸爸说，"贝尔顿熊队现在是我们的主场球队，我们干吗要支持别的球队？"

乔耸了耸肩，把自己的装备扔到床上："我们在家可从来没支持过本地足球队。"

"冰球是这里的一部分，我们需要表现出主动融入的态度，"妈妈说，"这是适应的一部分。反正我是蛮兴奋的。"

如果乔真的对自己诚实的话，其实他也是蛮兴奋的。可是他不愿意承认这一点。

而北极熊先生呢……他认为自己的泡沫手套是这个星球上最酷的东西了。

在去体育场的路上，北极熊先生引起了不小的骚动。他们经过时，球队的很多忠实粉丝都朝他们鸣笛挥手，北极熊先生把泡沫手指高高地指向天空，向所有经过的人致意。

"太棒了，"爸爸热情洋溢地说，"我已经爱上这项运动了。"

妈妈打电话给体育场，确认是否有轮椅通道。这一次，一切都很顺利。他们一下车，乔就不得不承认，兴奋的感觉是能互相传染的。体育场里人声鼎沸，气氛火爆。

北极熊先生立马成了明星，并充分享受这个状态。他跟冰球队的粉丝们合影，与路过的人击掌。这让乔想起了他们的乐队演出时他得到的那些关注，人们都想跟他合影，因此他情不自禁产生了一丝嫉妒。

"快点，北极熊先生，"乔气呼呼地说，"不然，没等我们找到座位，比赛就结束了。"

他们出示门票时，检票员有些不知道该不该让熊进去，不过爸爸提了西蒙·怀尔德曼的名字后，一切就都不是问题了。北极熊先生紧挨着乔，大摇大摆地走进体育场。人们三五成群地四处走动，在体育场寻找着自己的位子。乔和父母被引到轮椅通道区，这让乔有一点点恐惧……他感到因为那个错误的理由，自己被孤立、被人注视。他的同龄人似乎都是和一大群朋友一起来的，乔知道，如果他和自己的朋友们一起的话，他们会始终陪着他，让他有归属感。而今天，他在人群中却感到局促和孤独。要是艾莉在这里，她会使劲拍拍乔的肩膀，告诉他"振作起来"。不过，话说回来，要是艾莉在这里，她肯定会和诺亚、尼克还有一大堆朋友一起站在他身边的。他拍了拍自己的肩膀，转了个圈，勉强露出一丝微笑。至少他还有北极熊先生，没有几个人能吹嘘自己有一头北极熊做伴的。

　　乔最后坐在一个相当不错的位置，视野开阔，可以看到整个体育场，体育场里很快就挤满了人。他以前从没去过滑冰场——看样子，北极熊先生也没去过。一道低矮的坚固屏障将滑冰区和座位区隔开，上面装有透明有机玻璃板。北极熊先生坐在地板上，把鼻子放在戴着手套的两爪之间，紧紧贴着玻璃。球员们还没有上场，但场上依然很忙碌。北极熊先生时不时地在玻璃底部又嗅又抓，似乎想找到一条通道钻出玻璃，爬到冰上去。乔希望这道玻璃屏障足够结实。

赛场的另一边，乔从一排蓝色塑料椅上发现了奥斯丁。嗯，更确切地说，他先发现了怀尔德曼先生（因为怀尔德曼先生十分高大，不难发现），然后才看到了奥斯丁，他正和一大群朋友一起，打打闹闹，这个奥斯丁和那天他在厨房见到的安静、害羞的奥斯丁判若两人。突然，奥斯丁挥了挥手，乔能看见他在跟朋友们说着什么，他的手指着乔的方向。乔的脸烧得通红，看向地面，他不喜欢被人指指点点。乔深吸一口气，抬头看过去，奥斯丁又挥了挥手。乔正要举起手时，北极熊先生站了起来，高高地挥舞着两只前爪。

奥斯丁所有的朋友都站起来，也开始挥手致意，于是整个赛场似乎掀起了一股巨大的墨西哥人浪。所有的球迷，不管是支持哪个球队的，都被一股分享快乐和友善的热情淹没了。乔也加入进来，每次人浪到达他在的那个区域时，他都会举起手大声欢呼。当人浪到达乔和北极熊先生时，欢呼声就会变得震耳欲聋。显而易见，北极熊先生相当享受自己的耀眼时刻。

音乐声响起，麦克风里传来热情洋溢的声音。

你们⋯⋯

⋯⋯准备好⋯⋯

呐——喊了吗？

当这个嘹亮刺耳的声音在体育场里回荡，北极熊先生看起来有些紧张。不过，等音乐声再次响起，他又用后腿站起来，爪子随着音乐节拍上下舞动。**"坐下，坐下。"** 后面的人大喊，**"我们看不见了，你太大了。"**

乔把北极熊先生拉回来坐下，可是当球员们滑到冰上时，他又难以自控地站了起来，两只前爪搭在玻璃屏障上面，长长的鼻子伸到了围栏之外。

"下来，你这头大笨熊。"乔边说边向后面的人道歉。北极熊先生滑下来，让自己乖乖坐低，脑袋从左到右转来转去，努力跟上球员们的动作。突然，有五个球员径直朝他们这边冲过来，撞上围栏时发出了一声巨大的

乔和北极熊先生惊得目瞪口呆、面面相觑。就在他们下面，挨着冰面，每一次碰撞、重击和轰鸣都震得他们骨头发颤，冰球队员的速度迅猛异常。

认出奥斯丁的哥哥并不难，因为他的运动衫上印着几个红色的大字——**怀尔德曼**。可惜的是，**怀尔德曼**打得不太好，贝尔顿熊眼看就要输了。乔不懂冰球规则，除非一队或另一队进球得分时才能看出名堂……而奥斯丁的哥哥已经丢了三个球了。

第一局的二十分钟赛完休息时，乔感觉到有人拍了拍自己的肩膀，他转过身去，看见奥斯丁正站在身后。"热可可！"说着递过来两个大杯子，"一杯给你，一杯给北极熊先生。喜欢这场比赛吗？真希望能坐这儿跟你们俩一起。我哥哥打得太糟了，爸爸已经崩溃了。我得回自己座位了，不过等会儿我来找你。"

乔还没来得及说声谢谢，奥斯丁就跑走了。他端着热可可，脸上露出微笑。奥斯丁能过来真是太好了，乔好希望他能留下来。他把冒着热气的可可递给北极熊先生，熊卷起舌头，在杯子里啜了一口。他用舌头卷起热乎乎的液体，发出好玩儿的咂咂声。

"咂咂——吧——唧——吧唧——呼

噜。"北极熊先生半舔半咬，倒扣杯子想喝到底，淡棕色的可可溅得到处都是。"呸呸——吧——唧——吧唧——呼噜。"

乔笑起来。

当北极熊先生终于把饮料都溅完了，乔抿了一口自己的热可可，热流让胃变得很温暖。他抬头看了一眼怀尔德曼先生，怀尔德曼先生正挥舞着手臂，跟旁边的人说话。乔不知道该如何看待奥斯丁，也许自己对他的第一印象是错的。

第二局比赛贝尔顿熊队的状态好转起来，乔发现自己渐渐投入了比赛。当贝尔顿熊队领先时，他看见怀尔德曼先生高举拳头挥舞着，整个体育场都是指向屋顶的泡沫手指。赛场变得**越来越喧闹**、**越来越火爆**。有一头狂热的北极熊坐在旁边观战，乔很难不兴奋起来。第三局终场哨声响起时，贝尔顿熊队最终五比三赢得了比赛，全场一片沸腾。

散场时，乔看见怀尔德曼先生大步朝他们走来。"了不起的战绩！"他大声说道，他的嗓子因为欢呼太多而沙哑，"如果是你们带来的这么好的运气，那我们**每场**比赛都需要比奇罗夫特一家和他们的熊！"

妈妈满脸笑容，爸爸伸出手，跟怀尔德曼先生来了一个非常不像爸爸的击掌。

"我说过你们会被吸引的，"怀尔德曼先生哑着嗓子说，"我会给你们搞来下一场比赛的票。"

奥斯丁跑过来找他爸爸，他肯定已经跟朋友们说了再见，现在就剩自己了。

"北极熊先生是个传奇！" 奥斯丁大声说，"他是明星，我那些哥们儿现在都想见见他呢。你刚才看到他有多投入了吧？他好像是块头最大的粉丝。简直笑死我了，他太酷了。"奥斯丁兴奋得都快喘不过气了。

乔再次被嫉妒刺痛。这么说，奥斯丁所有的朋友都想见北极熊先生对吧？没人说想见见乔。他朝汽车的方向快速移动过去，然后停下来。他好沮丧——北极熊先生，北极熊先生，只有北极熊先生。

爸爸按了一下车钥匙，车门打开了。

"哇哦，"奥斯丁脸上绽放出灿烂的笑容，"好威风啊。"

"嗯。"乔说，尽可能装得无动于衷。

奥斯丁耸了耸肩，笑容消失了。"我想咱们到时候会再见的。"他说。

"我想也是。"乔回答道，语气冷淡乏味。

"再见，北极熊先生，表现不错。"奥斯丁和北极熊先生击了下掌，望着他跳进皮卡的后车厢。

"老天爷，乔，"当他们排队开出停车场时爸爸说，"你可以表现得更热情一点。可怜的奥斯丁想对你好，可你的回应全是嘟嘟哝哝。"

"可怜的奥斯丁？你什么意思，可怜的奥斯丁？他一心忙着对北极熊先生好，根本没注意到我。我也去看比赛了，不是吗？我也大声欢呼了。我的意思是，虽然我没有北极熊那么酷，我知道，但我尽力了。"

"我想奥斯丁只是在试着表示友好，"妈妈说，"你知道，就像你在公园里遇到别人，他们会夸你的狗狗有多可爱。这只是一种很好的聊天方式。"

乔叹了口气。也许妈妈是对的，也许不对。

"星期一就去学校了。"爸爸说，"别忘了，人们需要时间来了解你。不要急于评判或生气，否则他们反过来也会快速评判你。"

"我可不是在受审。"乔说，"唯一的问题是，他们人很多，而我只有自己。"

"每个人都是只有自己。"妈妈说，"而且如果你给别人一个机会，别人也会给你一个机会的。做平常那个快乐的自己，融入进去，你就会好起来的，就像北极熊先生那样。"

"哦，你也还没融入呢，完美的北极熊先生。妈妈应该把你送进学校，把我丢进树林里。"

妈妈扬起眉毛，乔把双臂紧紧抱在胸前。他很想做回平常那个快乐的自己，却发现在这里很难做到。爸妈也不帮忙。以前一切都是那么简单，他从来不用太费劲。而现在似乎连父母都开始怀疑自己了，看来他真的得独自去面对了。他朝后视镜里看了一眼，里面映出北极熊先生巨大而快乐的身影。

乔深吸了一口气。"我没事啊，"他无所谓地耸了耸肩，"我不知道你们干吗那么紧张兮兮的。"

危险

有熊
出没

第9章
胆怯与眼泪

校长米尔斯夫人建议给新生来一次介绍早会，让乔有机会适应新学校，免得他*陷入困境*（这话是她说的，不是乔说的，乔觉得她可以说一些更鼓舞人心的话）。

乔认为，来到一所新学校，就跟外星人到了另一个星球一样。毫无疑问，所有的一切都是新鲜、陌生的。有些人一直盯着你看，就好像你是……外星人！有些人则完全无视你，把你当成透明人。有些人做出老好人的样子对你很亲切，不过是以那种"我对你好因为你是新来的"的方式，还有一些人什么也不说，或者更糟，在你刚好能听到的时候突然闭嘴。也许，这只是乔的想象，但眼前的情形看起来并不友善。不过话说回来，也许他太不了解现实了。乔以前从没经历过"**新学校**",或是他早已经忘了,他真的不知道接下来会发生什么。他左顾右盼寻找奥斯丁,渴望见到一张熟悉的脸,可是却没有奥斯丁的影子。

一个叫米切尔的男孩和一个叫阿泰的女孩陪乔参观学校。阿泰很安静,却似乎很有效率。米切尔活泼开朗,精力充沛。而且,乔敢断定,米切尔肯定知道他自己很酷。他羡慕米切尔跟路过的人聊天、击掌、说"回头见"时的轻松自如。好像每个人都想更像米切尔一点。

这所学校足有他原来学校的五倍大,有好多可看的东西。阿泰问他从哪里来、为什么搬到这里、现在住在哪儿。

米切尔则问了一些关于游戏、音乐和电影的问题。乔没时间及时答复，因为他们在不停地从一个房间走到另一个房间，米切尔和阿泰将每一处的情况都快速地介绍了一遍。这里甚至还有音乐区，而他原来的学校是绝对没有的。

"你会乐器吗？"米切尔问。

"吉他。"乔答道。

"我也是。"米切尔说。

乔想再多了解一些，可是他们已经朝另一个方向走去，话题也转移了。

"现在是真正令人兴奋的部分，"米切尔说着，猛然推开一道双扇门，戏剧性地摊开了双手，"这里是学校食堂，我们全都在这里吃饭，不管你订没订学校午餐。毫无疑问，在外面吃东西有引来熊的危险。"

乔笑了。

"这可不是开玩笑哦，老兄。"米切尔说着，摇晃起脑袋，把手做成爪子状，"我免费告诉你一件事——你绝对不想在校园里跟熊面对面。"

"米切尔，别说了。"阿泰说，看起来有些紧张。

乔想，也许这是一个提起北极熊先生的好机会，但想到米切尔，乔犹豫了，他担心自己会闹笑话。

"听我一句劝，"米切尔说着，嘴角下拉，皱起鼻子，"除非万不得已，否则不要吃学校的午餐。实在太难吃了！"他转过身，冲出了食堂，闪回来的门差点儿撞上乔的脸，幸好米切尔及时稳住，并向乔道歉。

"他们刚开始做*健康沙拉*。"阿泰补充道。

"鼻涕虫比沙拉更多的那种健康。"米切尔说，"我好想知道吃鼻涕虫会有多健康。"

乔笑了，他想起了一个笑话："有什么比在你的生菜里发现一只毛毛虫更糟糕的？"

"发现半只毛毛虫？"米切尔翻了个白眼回复道，"一年级以后就没再听过这个笑话了。"

乔真希望自己没有开口，现在真是当众出丑。他努力劝说自己别在乎米切尔的想法——米切尔只是那种知道自己很酷，又喜欢让别人觉得自己不酷的男生。但米切尔看起来很擅长这样，所以乔更加恼火。

当他们绕过一个转角，米切尔发现一群学生正朝音乐区走去。他冲他们挥了挥手。**"我很快就好，"** 他喊道，**"你们愿意的话，别等我先开始吧。"** 他转向乔："你介意阿泰一个人带你参观完最后一部分吗？我现在有乐队排练，不想迟到。学校剩下的部分已经没啥可看的了。"没等乔回答，米切尔就说："回头见。"然后摆着手，去追赶那些人了。

就这样！*乐队排练？* 从下飞机开始就埋在乔心里的那颗挫败感大炸弹在这一刻轰然 炸响了。 乔这会儿需要的，不是看米切尔何等开心、何等受欢迎，还跑去参加乐队排练。这一切让乔想起了自己曾经拥有的东西，他嫉妒得想吐。此时此刻，他只想**成为**米切尔，他想象自己和乐队一起演奏，在学校里到处击掌，大笑和微笑，而不是讲可怜的一年级小学生的笑话。

然而，他还是乖乖地跟在阿泰身后，听她大谈数学竞赛，以及去年她们队是如何大获全胜的。乔的数学很好，但他当然不会被选入数学竞赛队，实际上，也许他不会被选中做任何事。

当他们到达校长办公室时，乔已经认定他根本不想待在这所学校里了。

"我相信你会喜欢上这儿的。"阿泰说。

我相信我绝对不会喜欢上这儿的，乔心里暗想，同时微笑着点点头，感谢阿泰带他参观学校。

阿泰敲了敲校长办公室的门。"都参观完了，米尔斯夫人。"门打开时，阿泰用极其甜美的声音说道。她站到旁边，让乔进去，爸妈已经在里面了。

"啊，乔，"米尔斯夫人友好地说，"来得正好，快进来，我刚跟你父母聊过，希望你喜欢这趟校园之旅。"

乔并不喜欢这次旅行："非常好，谢谢。"

"那么，有没有什么问题？"她问。

乔的父母满怀期待地看着他。他确实有问题要问，但都不是问米尔斯夫人的。他摇了摇头。

"哦，要是大家都开心的话，希望你明天能来加入我们。"

问题是乔并不开心。他想知道他怎样才能成为这所学校的一部分；他想知道怎样才能融入并交到朋友。他知

道爸妈会告诉他需要时间，但乔没有那样的耐心。他十指相扣，想到了一个计划。这个计划绝对会让他成为人气王。

"有一件事，"他说，他看着妈妈和爸爸，而不是米尔斯夫人，"我想最好有一些帮助——你们知道的，就是帮我适应这里。"他看见爸妈瞪大了眼睛，眼神里满是担忧。

"你有什么事没告诉我们吗？"妈妈问。

"没有，我只是在想，也许，带个朋友来学校会更轻松，是帮我培养归属感的好办法。"

"一个朋友？"米尔斯夫人和妈妈异口同声地问道。

爸爸对着乔皱起了眉头，然后紧张兮兮地笑起来。乔扬起眉毛，他百分百相信爸爸知道这个朋友是谁。

"哈哈！"米尔斯夫人对乔摆了摆手指，"你爸爸提醒过我，你的幽默感。"她对乔露出灿烂的微笑，"当然喽，如果你想带个'朋友'一起来，我们会非常欢迎的。"当说到"朋友"这个词时，她用手指比了个引号，"我要把他——或者她——记录到学校名册里，怎么样？"

"是男生。"乔说，"我不是在开玩笑。"

爸爸眯起了眼睛。

"他叫什么？"米尔斯夫人还在笑着，准备好了笔。

"北极熊。"乔说，他看见爸爸深吸了一口气。

"北极熊？"米尔斯夫人说，"好奇特，那他姓什么？"

"先生。"

"连起来就是……？"她皱起了鼻子，显然，米尔斯夫人觉得挺好玩儿。

"就是北极熊先生。"乔说，一点也没笑。

"那么北极熊先生是……"

"一头北极熊。"乔说，"您会喜欢他的，每个人都喜欢他。"

爸爸的眉毛挑到了天花板，米尔斯夫人仰头大笑起来，并在名册里加了一条注释。直到妈妈礼貌地解释乔是认真的，米尔斯夫人才收敛了笑容。

"我好像没弄明白……"她说着，慢慢放下了笔记本。

"我简直不敢相信，咱们居然在聊这个。"爸爸说。

"嗯，"妈妈说，"我觉得让北极熊先生陪乔来学校是个不错的主意。如果乔说他需要帮他适应这里，那咱们应该听听他的话。"妈妈看了看爸爸，又看了看米尔斯夫人。

米尔斯夫人坐直了身体："您得理解，比奇罗夫特太太，我们学校对熊有严格的规定。"

"是的，但肯定不包括北极熊。"乔说，"北极熊先生完全不同，他就是那种您想在学校见到的熊，他甚至还能把

别的熊赶走。如果您愿意，我们可以把他介绍给您——这会儿他正在校门口等着呢。"乔朝窗外点了点头。

米尔斯夫人朝外面张望了一下，开始用笔记本给自己扇风。"这简直太不寻常了。"她说，"我真的不知道说什么好。"

"不同寻常，但极其重要。"妈妈说，"只让他在这里待几天，等乔适应就好。"

米尔斯夫人向后靠着椅背，长长地叹了口气："我想我们可以试试。按严格的协议，在任何时候你都得对他负责，而且他不可以进入学校食堂，那里是绝对禁止动物入内的。我讲清楚了吗？"

"清楚得就像晴朗的天空。"乔说。

现在米尔斯夫人又能掌控局面了，她看起来舒服多了。她重新调整表情，露出高兴的神采，转向妈妈和爸爸。

"那么，我们就期待明天乔和北极熊先生的到来喽。请在8点30分之前到校，我们不能容忍迟到——但也可以有些例外。"她瞟了一眼乔的轮椅，然后重新看向爸爸和妈妈。

"我不会迟到的，"乔直截了当地说，"按时到校是我的责任——这样您就能直接跟我对话，而不是跟我父母说了。"

爸爸张大了嘴巴，米尔斯夫人使劲眨了眨眼睛。"很好，"她说，声音有点尖刻，"我希望你，还有北极熊先生，能为我们学校做出积极的贡献。"

＊＊＊

"我的天，乔，"一走出学校大门，爸爸就说道，"你到底怎么回事？你不能那样跟你的新校长说话。先是北极熊先生的事，然后……我简直无法相信你这么没礼貌。"

"米尔斯夫人需要明白，如果她想跟我说什么，可以直接跟我说。你不是总告诉我，我得让人们明白这一点吗？而且她已经同意北极熊先生来学校了，所以我看不出有什么问题。"

"你想让你的生活变得困难重重吗？"

乔闭上眼睛，他能看到的就是米切尔跑着跟朋友们一起去参加乐队排练。"搬到这里已经让我的生活困难重重了，"乔说，"只有北极熊先生能让生活变得轻松一点。"

凛冽的寒风穿过学校周围的金属栅栏，发出凄厉的呜咽声。

妈妈看上去都快哭了。

爸爸的语气缓和了一些："这次搬家对我们来说都不容易，乔，你妈妈和我也要适应新的生活。离开朋友和家人的不只有你，这里对我们来说也是个新世界。你需要明白这一切不是只跟你有关。你可以跟这头北极熊学学，你没见过他脾气暴躁、粗鲁无礼、被惯得不像话吧？"

乔看了看熊，又看了看爸妈。难道自己变得脾气暴躁、粗鲁无礼、被惯得不像话？他觉得也许是这样的。妈妈开始轻声抽泣，用袖子擦着眼泪。北极熊先生伸出爪子，小心地探进爸爸的衣袋，用指甲尖勾出爸爸的手帕，送到妈妈面前，妈妈接过来擤了擤鼻涕。乔不习惯看到妈妈这么难过或爸爸这么生气，他突然意识到自己连一秒钟都没考虑过父母的感受，他一直在忙着怪罪他们、自怨自艾。他已经习惯了父母总是站在自己这边，而现在他们之间仿佛竖起了一堵高墙。

北极熊先生走过来，用一只毛茸茸的胳膊搂住爸妈，用另一只胳膊搂住乔，把他们

紧紧圈在怀里，他蜷缩身体，给出一个大大的熊抱。

"对不起。"过了一会儿，爸爸说。

"我也对不起。"乔说。

"还有我。"妈妈抽噎着说。

乔不太清楚大家为什么都在道歉。也许他们把太多东西都装在了心里，而突然之间这一切开始外溢。也许他们忙于生存，自顾不暇。不过，有一件事是非常清楚的，那就是他们需要时间来适应这个新地方，而在完全适应之前，他们需要彼此支持。

那天黄昏，乔和北极熊先生肩并肩坐在露台上。待在熊身边让他感到舒服自在，他很高兴能带北极熊先生一起去学校，要是没有熊，他会更害怕明天。北极熊先生眺望着远山，将一只胳膊搭在乔的肩膀上。

乔不得不承认，景色实在太美了。

"也许有一天我会学着爱上这些山。"乔说。

红彤彤的夕阳落到黑沉沉的山峰后面去了，天空和北极熊先生的毛都被染成了粉红色。这将是接下来几周他们最后一次看见太阳。

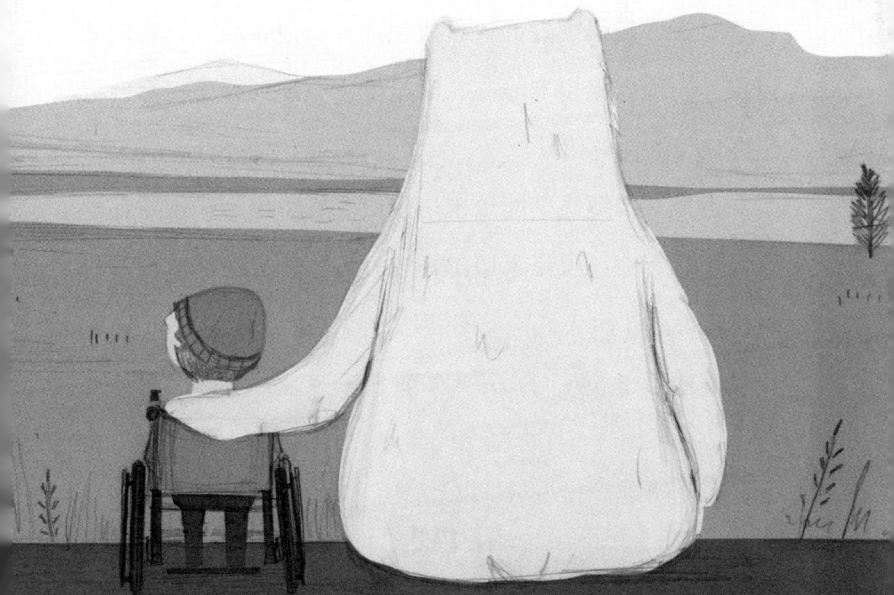

第10章

乐器与"武器"

第二天，乔开始了正式的学校生活。那是个阴冷的星期二，下着濛濛细雨，因此乔更加感激能有一头温暖、友善的熊相伴。关于北极熊先生，乔的判断是对的——每个人都想认识他。而北极熊先生呢，行为举止堪称完美，你会以为他一直都是在学校里度过的。希望他加入，他就加入；希望他保持安静，他就保持安静。在学校无论乔走到哪里，都会有人想拦住他跟他打招呼。

乔希望北极熊先生能给米切尔留下好印象，并让乔有机会更好地认识他。可是米切尔好像总是急匆匆地跑来跑去，永远在告诉乔"回头见"，问题是，他从没兑现过。

最糟的是午餐时间，每天午餐铃一响，乔就得把北极熊先生带到操场上，然后他自己慢吞吞地去食堂。食堂里总是拥挤嘈杂。在他以前的学校，总有一群朋友跟他坐在一起，可是现在他是孤零零一个人。他四处张望，是冒着被拒绝的风险，尝试加入一张还没坐满的餐桌呢，还是独占一桌面对自己的怯弱，他讨厌这段思考的时间。他希望有人看见他，招手喊他过去，可是如果北极熊先生不在身边，似乎根本没有人注意到他。

等到周末，乔就可以快乐地忘掉午餐，不用面对食堂的痛苦了。星期五中午，像往常一样，乔把北极熊先生带到操场上，然后鼓起勇气，再次去面对一个人的午餐。

北极熊先生用鼻子轻轻地推着他，朝食堂门口走去。

"我不想进去，"乔说，"我真的、真的不想。你不知道里面的情形。我知道北极熊是独居动物，可人类不是，尤其

是我。"他感到一滴泪从脸颊上滑落下来，接着又有一滴。

"你还好吧？"身后响起了一个声音。

乔擦了擦眼睛，转过头来，是奥斯丁。自从上次冰球赛之后，他再没见过奥斯丁，这会儿被奥斯丁发现自己在哭鼻子，他感到有些难为情。

"是的，我们很好，谢谢。"乔说。

奥斯丁顿了一下："你最好不要在这儿待太久，不然会错过午餐的。"

乔耸了耸肩："我想我还是跟北极熊先生待在外面吧。"

奥斯丁转身走了，但又停住了脚步。"来吧，"他说，"我们可以一起进去。除非你想一直躲着我。"

"我没有——"乔打住了，原来奥斯丁是这么想的？乔一直在躲着他？他觉得自己没有付出过努力——无论是对奥斯丁，还是对别人。他只是在让北极熊先生替自己努力。

"对不起，"乔说，"我只是没有见到你。"

奥斯丁笑了："忙着要跟米切尔交朋友呢吧？"

乔摇了摇头："没……没有……"

他的脸一下子红了。

"不管怎样，"奥斯丁笑着说，"你到底来不来啊？"

北极熊先生轻轻地将乔往奥斯丁那边推了一下，乔跟着奥斯丁穿过长长的走廊，走进了食堂。一路上他们都没有说话，乔不知道到了以后奥斯丁会不会把他丢在一边。

"你想跟我们坐在一起吗？"奥斯丁说着，指了指食堂中间的一张桌子。

乔松了一口气："谢谢。"

桌边还坐着三个人，莱蒂、巴斯和……康拉德。乔很高兴自己还记得他们的名字。"嗨。"他们中断了谈话，给乔腾出地方。

"我们正在讨论'乐队大战'呢，"莱蒂说，"这学期期末要举行的比赛，我们得加把劲一起努力，不然又会像去年那样倒数了。"

"我们以前的学校也办过音乐比赛。"乔自告奋勇地说，"我的乐队去年赢了，相当**精彩**。"

桌子四周一片沉默，乔低下头，也许他说错了什么。"你们知道，就是学校里的那些事啦，没有什么了不起的。"他尽量不让自己显得太得意。

莱蒂笑了："祝贺你，也许你可以给我们一些建议，教教我们获胜的秘诀！"

乔不确定她是不是在讽刺自己。

"也许乔应该加入咱们尤克里里乐队。"奥斯丁说，"我们乐队想吸收懂音乐的人，那天去你家，你妈妈说你很擅长音乐，对吧？"

乔差点儿把嘴里的食物吐出来。他？乔？演奏尤克里里？奥斯丁邀请自己实在是很好，可这是**真的**吗？他慢慢嚼着食物咽下去，给自己时间来思考。

"这么说你擅长音乐？"莱蒂满脸兴奋地问。

乔不知道该怎样回答："是的，我这方面还不错。可是我不会弹尤克里里。"他加了一句。

"那没关系，"巴斯说，"我们也不太会弹尤克里里！"

大家全都笑起来。

"那你弹什么？"康拉德问。

"我弹主音吉他。"乔说，"你知道，就像正规乐队里的一样。"

莱蒂鼓起了双颊。"哦，主音吉他。"她说，故意把"主音"这个词拖得很长，"在正规乐队。我想在我们这里，你大材小用了，也许你跟米切尔聊更好。"

奥斯丁朝莱蒂摇了摇手里的三明治："这周他花了大把时间想跟米切尔聊天。不过要是能加入咱们乐队，谁还会想加入米切尔乐队呢？"

这话让大家笑得更厉害了。

"米切尔乐队有什么问题吗？"乔问。

"没问题，"巴斯和康拉德异口同声地答道，"没问题就是问题。米切尔乐队不同凡响，辉煌无比，他们总是在赢。"

"而我们却是最后一名。"奥斯丁咧嘴笑了。

乔远远地望着米切尔，心中涌起一股熟悉的嫉妒感。他很想告诉奥斯丁和其他人，他故乡的乐队曾经也不同凡响，辉煌无比，他们也总是在赢。但他觉得这些话听起来好像在炫耀。

"毫无疑问，"奥斯丁边说，边朝乔挥舞着三明治，"如果你能弹吉他，那么尤克里里对你来说就太简单了。所以如果你愿意加入我们，那是没有任何问题的。"

"我不确定自己是否喜欢尤克里里。"乔说，尽量让自己听起来不那么刻薄。

莱蒂交叉双臂抱在胸前，身体向后靠在椅子上："好吧，要是你这么想的话，你也不可能被米切尔的乐队接纳，因为他们整个夏天都在练习。所以除非你自己组建乐队，否则你还是给我们一次机会吧，谁知道呢，没准儿你会玩得很开心。"

乔从自己的午餐盘里拿起一根胡萝卜条，咬了一大口。他并不是不喜欢奥斯丁的乐队，他只是不想一开始就被贴上失败者的标签。

"你们乐队叫什么名字？"他问。

"核武器。"他们一起回答。

"核武器？"乔说，"哇，好有爆破力！

砰！

的一声响，能让竞争变得更激烈。"

乔笑了，大家也跟着一起笑了，乔感觉特别好，仿佛自己又回到了过去。

"来吧，"奥斯丁说，他朝乔倾了倾身子，"与输赢相比，也许我们更看重乐趣。不过谁知道呢，我们可以做得更好。"

"我们还要跟北极熊先生签约，"莱蒂说，"我们认为他能带来很多额外选票。"

乔简直难以想象，北极熊先生和一支尤克里里乐队在舞台上表演。他的爪子能在一纳秒之内折断所有琴弦。也许那样仍然能赢得选票！

"你们多长时间排练一次？"乔问。

他们你看看我，我看看你。"偶尔。"莱蒂说。

"千载难逢。"巴斯说。

"至少每隔几个星期一次。"康拉德说。

乔摇了摇头，想起了他和乐队在家练习的无数个夜晚。

"我们可以多练练。"奥斯丁说，"不管怎样，下周三才开始报名。如果你想加入我们，就来吧。我觉得你能颠覆局面。米切尔需要竞争对手。"

乔感觉到有四双眼睛在紧盯着自

己。他好想知道，他们在问他之前，是否已经商量过了。他朝米切尔那边的桌子瞥了一眼，碰巧与米切尔的目光相对，米切尔露出了微笑。乔需要时间考虑。他拿起自己的苹果，在袖子上擦了擦，然后放进口袋。

"给北极熊先生的。"他看见莱蒂正盯着自己，便补了一句。

"哦，他也可以吃我的。"巴斯说着，拿起了自己的苹果。

"还有我的。"康拉德说。

"还有我的。"奥斯丁说。

大家把苹果塞进各自的口袋，看来今天是熊的幸运日。他们一起离开食堂，来到操场上。奥斯丁不见了几分钟，然后手里拿着一个黑盒子重新回到他们身边。他把它递给乔。

"给，我的尤克里里，借你这个周末试用一下。"

乔犹豫着，北极熊先生却走过来，抻长脖子，用牙齿叼

过黑盒子，放在了乔的脚边，眨了眨眼睛。然后他坐下来，轻轻碰了碰乔的衣袋。乔拿出了苹果，莱蒂、巴斯、康拉德和奥斯丁也都拿出了苹果。北极熊先生低头看着掌中的五个苹果，两眼发光，然后把苹果一个又一个抛向天空，开始玩杂耍，直到两眼完全成了斗鸡眼，才让苹果落进他张开的大嘴里。所有人又笑又拍手，北极熊先生自豪地打了个响嗝。

乔认为，生活有时就像玩杂耍。第一周学校生活就要结束了，比预想的要好一些。他看了看奥斯丁的尤克里里，就放在旁边的地上。他喜欢奥斯丁和所有的"核武器"成员，他们非常有趣，不过他还是不确定自己是否想在他们乐队里演奏尤克里里。完全不确定。

亲爱的艾莉、诺亚：

现在是星期五晚上，我刚刚结束第一周学校生活。不瞒你们说，开头不是很好。不过也许事情正在好转。

我遇到了一个大问题。奥斯丁·怀尔德曼(给我冰球票的人)请我加入他的尤克里里乐队，准备参加学校的"乐队大战"。问题是，虽然他们看起来人非常好，可我宁可死，也不愿加入一个尤克里里乐队。更糟的是，他们乐队总是排名最后。

还有另外一个乐队——我猜类似于咱们这样的正规乐队。这个乐队是由一个叫米切尔的男孩负责的，但近期内他好像并不想邀请我加入。

求助！我完蛋了！

乔

乔希望他们俩有人还醒着。大约过了十分钟，传回了一封电邮。

To: 乔

From: 艾莉

哈喽！你才去学校一周，就被邀请参加乐队了？太了不起了。就算他们玩饼干桶也没关系。不管怎样，尤克里里很容易学，特别是如果你会弹吉他……你完全可以！这是网上的教程，我已经查过了（你知道我的！），下面附上了链接。

爱你的艾莉

附：我妈说，我们不能老是期待世界改变，来适应我们，所以有时候我们得做出改变，来适应世界。我不是完全明白她的意思，但听起来像个不错的建议。

又附：米切尔还不知道自己错过了什么！

乔读着艾莉的电邮，仿佛听到了她的声音。她是对的，米切尔甚至不知道乔很会弹吉他。他叹了口气。

这时，他的收件箱里又来了一封电邮。

To: 乔

From: 诺亚

冷静！不得对尤克里里无礼，因为我妈妈就在一个尤克里里乐队演奏，真的非常酷。

诺亚

附：你的乐队可能会比我们的更有趣，苏西现在加入了我们乐队，她太我行我素了，但这是我们的乐队，而她是新成员，所以她应该按我们的方式来，对吧？

乔又读了一遍这两封邮件，他很高兴苏西是个讨厌鬼，这让他觉得有人在想念他。他不知道诺亚的妈妈弹尤克里里，他看了一眼地板上的黑盒子，心想也许应该试一试。

乔登录了艾莉发来的**"自学尤克里里"**网站，研究着屏幕上的东西，慢慢地拨动琴弦，尤克里里发出了与吉他不同的声音，弹奏方式也不一样。"好吧，开始喽，北极熊先生，这是我弹的第一支尤克里里曲子，也许会让你终生难忘！"

乔很不熟练地**边弹边哼唱**一段曲调，时断时续，而北极熊先生则用爪子一上一下地敲打着地板。

"如何？"乔好不容易弹到了最后，"你觉得怎么样？第一次弹还不赖吧？"

北极熊先生把爪子蜷成拳头，乔笑了，也蜷起拳头，跟北极熊先生友好地碰了碰。

"多谢你的鼓励，我很需要，如果要加入奥斯丁的乐队的话。"

乔继续弹下去，随意尝试了几个和弦。"真希望学校第一周能重来一次。"乔一边弹，一边大声地把想法说出来，"再来一次我想我会做得更好。"他停下来，看着北极熊先生，"一直躲在你后面是没用的，是吧？"

北极熊先生抬起头，歪向一边。

"可我还是很高兴有你在身边，

谢谢。"

乔摸了摸北极熊先生的头顶，北极熊先生闭上了眼睛，乔觉得熊看起来很开心。"你已经适应下来了，对吧？"乔微笑着说，"不过也许这个地方对你来说并不陌生。"

北极熊先生睁开一只眼睛，看见乔正在眼前晃着尤克里里。"你觉得怎么样？我应该加入'核武器'吗？我的意思是，那不是我想要的形象，是吧？"

北极熊先生从两排牙齿之间伸出黑色舌头开始喷唾沫，溅了乔一脸。

"什么意思？"乔用手背擦了擦脸问道，"你认为我不该加入'核武器'？"

北极熊先生又伸出舌头喷起来。

"好吧，好吧，我明白了，你的意思是我应该加入。不要再喷我了，好不好？"

第11章

湖面与雪片

从那周开始，天气变得**越来越冷**，房子后面那片灰蓝色的湖水，结出了坚硬的白色冰面。乔打开窗户，空气冷得能冻掉鼻子，幸好房间里暖得好似面包炉。

北极熊先生无法安静下来，不停地在花园里徘徊，他抬头看看天空，然后又开始徘徊。进来出去，出去进来。乔盯着他，追随着他的一举一动，想知道他在找什么。到了晚上伸手不见五指，没有月亮，也没有星星。乔感到有些疲惫，接下来的周末他没有任何计划。就在他第五次放北极熊先生进来时，电话铃 🎵 响 🎵 了，过了一会儿，爸爸兴冲冲地走进来："是西蒙·怀尔德曼打来的，他和奥斯丁邀请咱们明天去钓鱼探险。"

"钓鱼探险？"乔没好气地说，"什么钓鱼探险？"

不知道是因为钓鱼这个词，还是爸爸的声音太兴奋，北极熊先生的神情突然变得非常专注。

"我们要往北走，西蒙说，那里荒无人烟，还有一个神秘的湖，他说里面的鱼有这么大个儿。"爸爸张开手，比了一下鱼的大小。北极熊先生也学爸爸，把两只爪子张得更大。"换换环境也好，怀尔德曼能邀请咱们实在太好了，没准儿这是我们今年最后的机会了。毫无疑问，一旦冬天真的到来，你就去不了了。"

"冬天已经来了。"乔说，"外面冻死人，还有，我怎么才能在那个荒无人烟的地方四处走动呢？怀尔德曼家为什么不能邀请咱们做些更理智的事，比如看看电影、打打保龄球什么的？"

"不会有事的，我敢肯定。"爸爸说，"咱们可以试试你轮椅上的新辅助轮，更容易驾驭崎岖和积雪的路面。"

"崎岖和积雪的路面？"乔瞪着爸爸，爸爸通常都是超级谨慎、超级多虑、超级戒备的啊，"爸爸，你还好吗？"

"雪应该不会太大。"爸爸说着耸了耸肩，"显然，到了湖面上，就会非常光滑平坦了。"

到湖面上？"乔瞪大了眼睛。毫无疑问，爸爸真的疯了。

"湖已经冻结实了，就像一个溜冰场。"爸爸答道。

"那我们怎么钓鱼？"

"到时候就知道了，这些都是冒险的一部分。妈妈会去城里买些生活必需品，怀尔德曼家会带上所有钓鱼用具。我们明天一早就出发。"

"棒极了。"乔竭力装出一副热情的样子。爸爸一离开房间，乔就用双手蒙住了脸。以前在家时，爸爸从来没让自己冒过险——顶多去去公园就算冒险了。"在荒无人烟的冰湖上钓鱼，北极熊先生，对我来说太疯狂了。"

北极熊先生用鼻子轻轻碰了碰乔的手，乔抬起头来。

"我知道你为什么这么兴奋，北极熊先生，"他说，"但你得明白，你是一头北极熊，而我绝对不是。我从没坐轮椅在雪地里走过，要是我动不了怎么办？"

北极熊先生发出了一声巨大的叹息，站起身，快步走到窗前，推开窗户，一股冷风呼地吹进来。

"你在干吗？外面冷死了。"

北极熊先生尽力把头探出窗外。

乔来到北极熊先生旁边，试图向外看。这可不容易，因为有一头北极熊挡在窗口。"我知道你喜欢寒冷，但你介意把窗户关上吗，趁我的房间还没有变成冰窖？"

北极熊先生慢慢转过身，把头缩回来，正好和乔鼻子对鼻子。北极熊先生的鼻尖上落了一片美丽的雪花。北极熊先生看着它，咧开嘴，眼睛成了斗鸡眼。

乔看见那片雪花融化成一滴水珠，滑落到地板上。

"这么说，冬天就是从此刻开始的吗？"乔说着，摸了摸北极熊先生的黑鼻尖。

他朝黑暗中望去，几片散乱的雪花正翩翩飘向地面。"是时候让乔去面对风雪了。"乔模仿着奥斯丁的口音，"看来我们的探险没准儿会带来更多探险。"

北极熊先生两脚跳来跳去，乔笑着关上窗户："冰天雪地是你的地盘，北极熊先生。我希望你准备了一些小妙招，因为我将需要所有能有的帮助！"

北极熊先生慢慢滑到地板上，抬头看着乔，咧开了嘴。

第12章

雪地与活力

乔睁开眼睛的瞬间就感觉有些异样。不只是北极熊先生像个巨大的毛球一样在房间里跑来跑去，还有光线的问题。

北极熊先生用牙齿咬住乔的羽绒被，把它拉下了床。

"嘿，饶了我吧！"乔奋力想拉回羽绒被，"现在才早上七点半，而且是周末，我知道咱们要去钓鱼，可这太荒唐了。"

北极熊先生快步走到窗前，两只爪子合到一起。乔坐起来揉了揉眼睛。

"哇哦！哇哦！"

乔的心跳加快了，简直难以置信。外面的世界一夜之间就变了，那些绿色、灰色和棕色统统被一层薄薄的、洁白的、闪闪发光的雪盖住了。

北极熊先生**冲**到卧室门口，跑了出去。没多会儿，乔就听到后门打开的声音，一眨眼，北极熊先生已经到了外面的花园里。熊跑了一圈一圈又一圈，积雪飞扬，地上印满了迷宫般错综复杂的脚印。他用爪子将雪团成雪球，朝乔的窗户扔，啪的一声落在了玻璃上。

"出了什么事？"爸爸穿着睡衣，出现在门口。

乔微笑着指了指窗户。爸爸双手叉腰，放声大笑起来："北极熊的游戏时间。"他说着，一下子推开了窗户……恰巧这时，北极熊先生又扔来一个雪球，正击中爸爸前胸，乔的地毯上溅满了白色的冰晶。

"哦吼，"爸爸笑起来，"那咱俩就玩一回吧。"他从窗台上捧起一团雪，朝北极熊先生扔回去。

"我可以出去吗？"乔问。

"当然，为什么不能？"爸爸答道。他帮乔下了床，把辅助轮固定在乔的轮椅上，又扔给乔一件毛衣，把他的脚塞进运动鞋里。乔没等爸爸穿上靴子，就冲到了门口，轮椅在坡道顶摇晃了一下，便急速向下滑去。

"啊啊啊啊啊啊啊！"

砰的一下，轮椅停住了，乔的脸深深地扎进了北极熊先生的胸膛。

"谢谢你，北极熊先生。"乔咕哝着说，因为他满嘴都是北极熊的毛。

北极熊先生把他推到雪地里，转了一圈又一圈，然后跑去做更多的雪球。对乔来说，装上辅助轮更容易移动，却也

很难避开朝他飞来的雪球。爸爸穿着睡衣和靴子跑出来，看上去很奇怪。他捧起一团团雪做成雪球递给乔，乔把它们一个接一个扔向北极熊先生。

北极熊先生左躲右闪，直到乔的最后一个雪球**噗**的一声击中了他的鼻子。北极熊先生摇摇晃晃，做出夸张的戏剧效果，然后轰然向后倒去，四肢在雪地里来回摆动，在雪地上变出一个巨大的雪天使。

"轮到我了。"乔喊道。爸爸看了乔一眼，耸了耸肩，把他从轮椅里抱下来，放到北极熊先生旁边的地上。乔躺

着，上下挥舞双臂。爸爸也跳进雪里，挨着乔躺下来，做起了相同的动作。虽然**很冷**，但是太**好玩**了。乔才不管自己是不是冻僵了，因为他笑得太厉害了。

"你们在干吗？"门口传来妈妈的尖叫声，"是想降体温吗？马上给我回来。"

乔、爸爸和北极熊先生坐起来，咧着嘴傻笑。但是很快冷空气钻透了后背，乔才意识到他有多冷。爸爸飞快地把他抱回了房间。

"我觉得现在最好洗个热水澡，"爸爸小声说，"然后开启钓鱼之旅。"

乔的兴奋感骤然减少了。他宁可在家附近的雪地里玩，也不愿意跑到冰湖上去钓他一点也不想钓的鱼。

洗完澡出来时，妈妈已经在床上放好了一整套衣服。乔拿起一件看了看，扔了回去。

"妈妈！这种衣服是小宝宝穿的，不行，我**绝对不会**穿这种连体雪服和雪地靴。"

妈妈交叉双臂，又额外放上他的绒球帽和一副厚厚的手套。乔呻吟起来，这可不止是难堪，这比难堪还要糟糕。他才不会打扮成这样去见奥斯丁，看起来完全像个笨蛋。

乔扫视着整个房间，想找到那件他最喜欢的套头衫。

"是找这个吗？"妈妈说着，把它从地板上捡起来，"呃——！我才洗完两天，现在又粘满了北极熊毛。"

"这样更好，更保暖。"乔说着，从妈妈手里抢过了套头衫。

妈妈匆忙帮乔穿好衣服，又让他自己套上套头衫，告诉乔早餐五分钟后就好。

乔把连体雪服和绒球帽统统藏到了枕头底下，然后拿着雪地靴进了厨房。他狼吞虎咽地喝着麦片粥和热可可，一边看着爸妈跑来跑去准备毯子和食物，以及车的装备。北极熊先生正等在门口，戴着他自己的绒球帽，两爪搁在他的手提箱上。

显然，看见大家都在收拾行李，他也不甘落后。

"别抱太大希望。"乔盯着那只手提箱说，"咱们大包小包的好像要去度假一个月，但其实只是向北开一个小时。你肯定不需要拿泳裤。"

北极熊先生用爪子在手提箱上打着鼓点，一边等待爸妈做完所有的准备工作。乔装好三明治和零食，小心翼翼地来到外面，北极熊先生走在乔前面一步远的地方，以防他打滑。天空蓝得令人心旷神怡，一切都在阳光下闪闪发光。这样的天气，连钓鱼之旅似乎都让人觉得趣味盎然了。

爸爸已经打开了车里的暖气，北极熊先生坐到车后面他常坐的位置。妈妈站在前门，依然穿着睡衣，看上去有点不安。

"你带防雪服了吧，乔？"

乔举起一只雪地靴，假装在车后座检查了一番。"是的，"乔说，"都在安全的地方。"他觉得这么说不算撒谎。他的枕头下面确实是个安全的地方。

"回头见。"爸爸大声喊着，挥手道别。

"小心点。"妈妈说着，在胸前抱紧了双臂，"注意保暖，拜托不要做任何傻事。"

她挥手送走他们，从她焦虑不安的神情看，你还以为她再也见不到他们了呢。

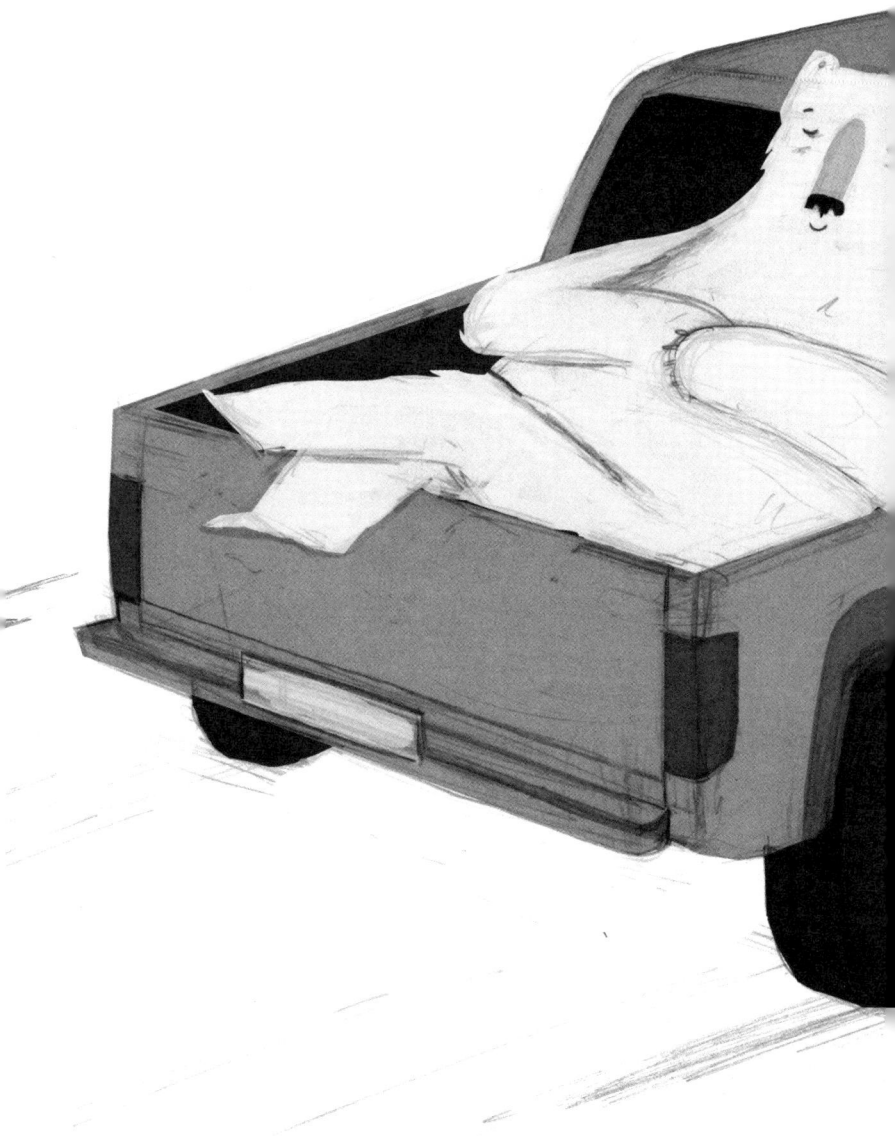

第13章
钻洞、震动与涌动

　　这会儿他们已经在路上了，乔承认，提前担心某件事总比实际经历时要更糟糕——那是艾莉常说的话。车里非常舒服，北极熊先生也很放松，头靠着驾驶室舒舒服服地躺着，一条腿搭在另一条腿上，显然，这种天气对他来说正合适。

　　爸爸把一篮子三明治、零食和一保温瓶热汤放在了旁边的座位上，妈妈在车里堆满了毯子和足够去一趟北极的"安全必需品"。乔开始明白为什么需要这么大的车了。他们已经计划好先去接住在城市另一头的怀尔德曼父子。城

外的世界被一层薄雪覆盖，看起来干净而明亮，可是等他们开进城时，洁白就变成了泥巴色。他们把车停在怀尔德曼家门外，爸爸按响了门铃。

奥斯丁和他爸爸抱着钓鱼用具出来了。乔盯着他们，心里一惊。他应该听妈妈的话，奥斯丁和怀尔德曼先生都穿着连体防雪服，戴着厚厚的绒球帽。奥斯丁看起来不太开心，乔怀疑他也是被他爸爸强迫来的——两个男孩都被拖来参加一场爸爸为他准备的冒险。

奥斯丁爬进皮卡，跟乔击了一下掌。他们看着两位爸爸搬上来更多的东西。

"咱们是去一天还是去一年？"乔小声问。

"问得好，"奥斯丁说着翻了个白眼，"爸爸说得做好一切准备。"

"你以前也去过？"乔问。

"噢噢噢是的。" 奥斯丁说，乔试图读懂他的语气。"你呢？"奥斯丁问。

"从没，第一次钓。"

"哇哦，了不起。"奥斯丁说。

车渐渐驶离了城市，街道变得越来越安静。很快他们可能就会成为地球上唯一的人类了。大路变成了森林中的小径，一排排松树，上面裹着一层薄薄的糖霜般的冰雪。

北极熊先生笔直地坐在车后面，饶有兴味地打量着四周的景色。怀尔德曼先生谈着冰球和冰钓。"冰球需要热烈和活力，冰钓需要宁静和沉默。"乔断定怀尔德曼先生的生命就是围绕着冰进行的。尽管乔无法否认自己喜欢冰球的热烈和活力，可他不确定宁静、沉默和冰冻听起来有多好玩。他看到爸爸打开了收音机，新闻过后是天气预报。

"咱们最好听听。"怀尔德曼先生说着,俯身向前,"掌握天气情况总不是坏事。"

就在这时,信号突然开始噼啪作响,随后时断时续,更难听清:今日天气情况 噼啪刺啦刺啦 暴风雪出人意料地改变了方向 噼啪刺啦刺啦 要做好最坏的准备 噼啪刺啦刺啦。

为了找到更好的信号,爸爸试了又试,都没有成功,于是干脆关掉了收音机。现在,唯一的声音就是沉重的车轮行驶在雪泥路上的声音。

"他们说暴风雪要来了?"乔尽量装出一副悠闲轻松的样子。

"是啊,不过是在从这儿往北很远的地方,"怀尔德曼先生说,"我们要去的地方跟夏天的海滩差不多。"

"还好北极熊先生带了他的游泳裤。"乔说。

"他没有游泳裤吧?"奥斯丁问。

爸爸翻了个白眼。乔转向奥斯丁:"你就等着瞧他箱子里的东西吧,太阳镜,防晒霜,一大堆东西。"他盯着奥斯丁的眼睛看了一会儿,直到奥斯丁微笑着摇了摇头:"你在开玩笑,对吧?"

"对。"乔说。

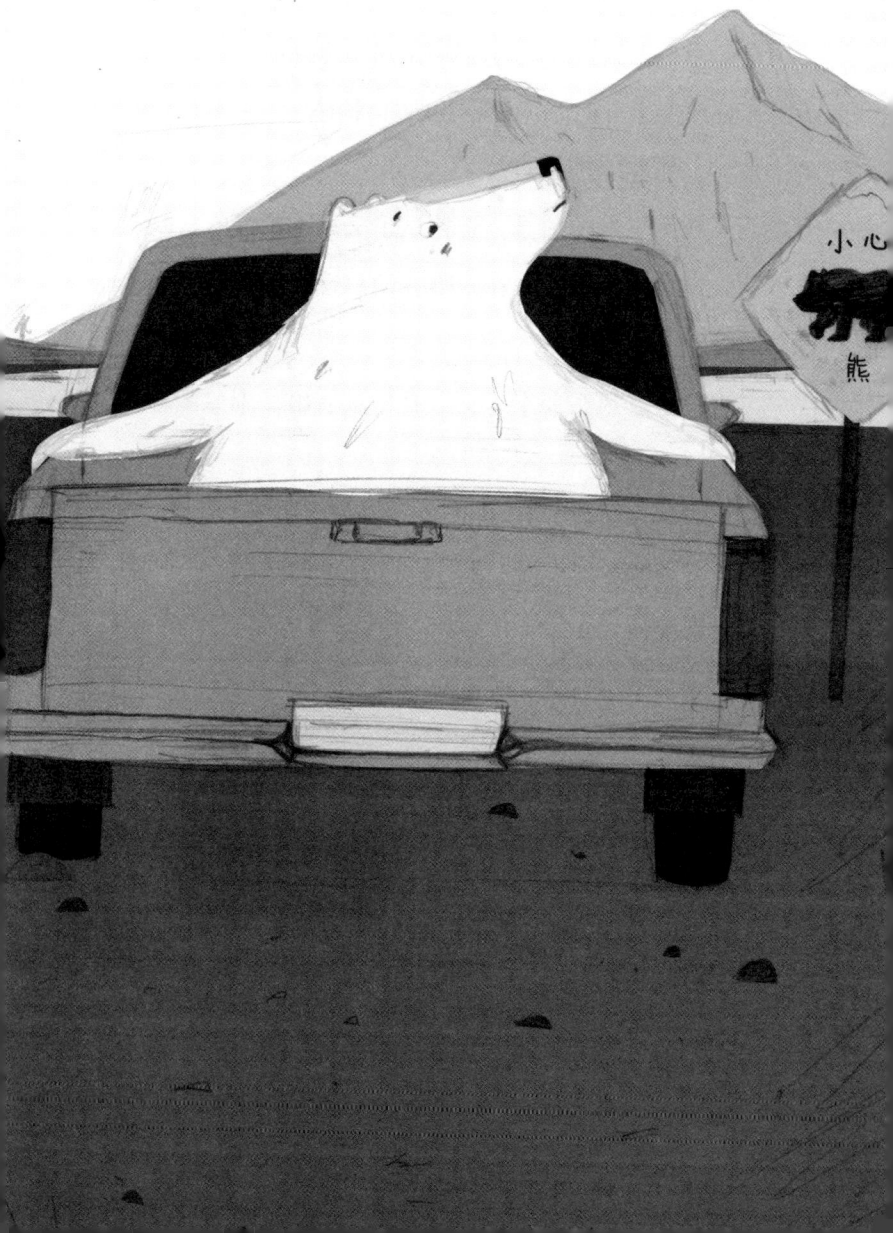

怀尔德曼先生不停地给爸爸指路，路面变得越来越崎岖难行。皮卡在颠簸的路面上左歪右晃，可怜的北极熊先生努力保持平衡。后来他们开进一片空地，一个巨大的冰湖映入眼帘。爸爸把车停下来，拉上手刹，关掉引擎。乔打开车门，在这个偏远又荒凉的地方，几乎听不到任何声音，而且这里绝对跟夏天的海滩扯不上边。在这里，你会感到孤独，还有一点害怕，即使周围有人。

怀尔德曼先生和奥斯丁正忙着给自己裹上围巾和手套，要多快有多快。乔刚把自己移出皮卡，寒风就一下子钻透了他的衣服。爸爸穿好自己的连体防雪服，看了乔一眼。"你的在哪儿？"他问。

乔不知如何回答。他的连帽衫、牛仔裤和外套都难以抵挡这刺骨的寒冷。北极熊先生跳下车，抖了抖身体，拿出他的手提箱，打开，用牙叼着，向乔丢过来一堆东西，乔惊得瞪大了眼睛。

"你真是让人惊叹，北极熊先生。"他小声说着，一把抓过防雪服、厚袜子、手套、围巾和绒球帽。

奥斯丁在一旁等着，看起来有点尴尬。当爸爸帮乔穿好所有的衣服后，奥斯丁又递过来一件夹克，"这是我带的，因为很难解释这里有多冷。我穿着有点小，但我想可能你穿正好。"

"可算有机会叫我小矮子了是吧？我是坐着的，你知道的！"

奥斯丁看着他，吓得不轻，开始道歉。

乔举起双手笑起来："奥斯丁！别那么紧张！我只是在开玩笑。"

奥斯丁停下来，然后笑了。"对不起，"他说，"有时候你听上去好严肃，很难分辨的。"

爸爸朝奥斯丁点点头："你很快就会习惯他的幽默感了，他会给你大量机会练习的。"

"在此期间，"乔说，"只是为了避免误解，我会给你个小提示，像这样，"——乔用手指在空中画了个小小的笑脸——"这样你就知道我是在开玩笑了。"

奥斯丁点了点头，看上去有点窘迫。

"对了，谢谢你的夹克，"乔说，"我真的需要。"

爸爸扔给乔一块毯子，裹住了他的腿。怀尔德曼先生指了指湖边的一块地方，那里有个缓坡通到冰面。乔轮椅前面的辅助轮使得在粗糙的路面上更容易前进——但其实也不容易，所有人都得使劲推。他们在湖边停了下来，乔看见爸爸犹豫了。他总是告诉乔**绝对不要**到冰上去。冰面裂开怎么办？掉下去怎么办？

北极熊先生却没有这样的犹豫，连一秒钟都没有。他直接蹦上冰面，腾空而起，做了个精彩的脚尖旋转，随后干净利落地停住，并用一只大爪子猛击冰面，冰面发出奇怪的冻得结结实实的声音。

　　"很安全，"奥斯丁说，"等一下你就会看到冰冻得有多厚。"

　　怀尔德曼先生把他的设备拖到湖中心，开始在冰上钻洞，钻洞的东西好像一个巨大的开瓶器。奥斯丁说得没错，冰层比他想象的厚多了。"开瓶器"转了一圈又一圈、一圈又一圈——怀尔德曼先生转啊转，脸变得越来越红。突然，冰层裂开了，清冽的水流汩汩而出，涌到冰面上。北极熊先生把鼻子伸进洞里，一动不动地守着，这时，怀尔德曼先生

把钻头扛到了肩膀上。

"我们管这东西叫尖锥，"他说，"尖锐的尖，锥子的锥。"

乔点了点头，心想以后是不是还得学一学钓鱼术语。

"好吧，奥斯丁，你让乔看看是怎么操作的。看咱们能不能抓个大家伙上来。北极熊先生——把你的大鼻子塞进水里也是没用的。"

北极熊先生恼火地抬起头，奥斯丁推了推乔。"北极熊先生抓到鱼的机会比咱们大得多。"他小声说着，把鱼竿递给乔，告诉他在鱼线末端下鱼饵时要抓牢鱼竿。当他们把鱼线放入冰洞里时，北极熊先生一直认真地看着。

"现在有动静了吗？"乔问。

奥斯丁交叉双臂叹了一口气："咱们要坐在这里，盯着这个洞大约五个小时，才会有动静。"

"听起来很刺激。"乔说着咧嘴笑起来，"打发周末的绝佳方式！两眼盯着一个洞。"

"没错。"奥斯丁说完笑了。

怀尔德曼先生对他们皱着眉头，把手指举到唇边："嘘——"

这让他们笑得更厉害了，直到北极熊先生用一只毛茸茸的爪子捂住了他俩的嘴。

北极熊先生、奥斯丁和乔静静地凝视着漆黑的水面，他们坐着、坐着、坐着，

他们等啊……

等啊……

等啊。

什么也没发生。

"有意思吗？"奥斯丁小声问，一边拍打着戴手套的手，想让手暖和过来。

"爱死了。"乔嘟哝道。

北极熊先生张大嘴巴，打了个大大的哈欠。这么无聊其实也挺好玩。

突然，鱼线向下一沉，乔吓了一跳，赶紧把鱼竿往回拉。北极熊先生跳了起来，鱼线跑啊跑啊跑，线轴转啊转啊转。

"哇噢噢噢噢噢啊。" 乔大叫，挣扎着抓牢鱼竿。

"我的天哪！！！" 奥斯丁喊道，紧紧抓住乔的轮椅，让他更稳固。

"抓住！" 怀尔德曼先生喊道，"你钓到了一个怪物。"

"怪物？"乔气喘吁吁地问。

当鱼线终于停住，乔开始收线。这家伙重得难以置信，乔自己拉实在太吃力了，于是奥斯丁跟他轮流拉。最后，当乔和奥斯丁把鱼从冰水中拖出来时，北极熊先生也凑上前来。这条鱼如此巨大，是他们以前从未见过的。

"看见了吗？"怀尔德曼先生说，"干得好，你们三个是个很棒的组合。"

怀尔德曼先生和爸爸迅速拍下了两个男孩和北极熊先生跟鱼的合影。然后怀尔德曼先生蹲下身，轻轻地解开鱼钩，把鱼放回冰洞，让它游走了。看见鱼重返水中，乔很高兴。北极熊先生看起来却并不如此。

"别担心，"乔说，"我已经在车里给你准备好了食物。"

一阵风吹过松林，北极熊先生抬起鼻子，越过湖面向远处的天空眺望。男孩们跟着他的视线望去，熊发出了一种奇怪的**噗噗**声，一只爪子从冰面上抬了起来。

"有什么不对劲。"乔说，大家全都停下来，注视着周围的动静。他们头顶的天空是浅灰色的，可是远处，一大片黄黑色的浓云正朝他们滚滚而来，乔以前从没见过这样的云，有一种要把人催眠的诡异。

北极熊先生把头埋在两条前腿之间，轻声地咆哮着。

怀尔德曼先生皱起眉头，开始迅速行动起来："他们说的暴风雪好像朝咱们这边来了，咱们正好是靶心。得赶紧离开——快，好吧所有人，赶快**移动**。"

移动并没有说起来那么容易，尖锥非常重，鱼竿鱼线都得收起来，粗糙的路面似乎更加难行。他们越想快，速度好像越慢。怀尔德曼先生在大声发号施令，爸爸尽力保持冷静。最后，所有的装备、人、北极熊终于都上了车，爸爸发动皮卡，以来时两倍的速度沿着小路飞驰而去，皮卡颠簸跳跃得越来越厉害。黑暗之墙一路尾随而来，在山谷中追赶着他们。

乔的心跳加快了，他以前从没见过爸爸这样开车，不知不觉中，乔抓紧了座位，僵直地坐着。劲风冲击着皮卡，刮得树枝疯狂摇晃。中午刚过，天却黑得犹如夜晚，爸爸紧张地盯着后视镜。

"北极熊先生没事吧？"乔问。

奥斯丁转身伸长脖子，以便能看到车后面："他正坐在车厢里，低着头，我想他是在尽可能坐低点。"

"聪明的熊，"怀尔德曼先生说，"他是不想被树枝打到头。"

"我也不想被树枝打到头。"乔盯着疯狂摆动的树枝说。

雪花开始飘落，起初像羽毛般轻盈、柔和，然后越下越大，直到整个世界都处于一场令人窒息、耳鸣、晕眩的暴风雪中。

第14章

风雪与隔绝

雨刷在挡风玻璃上不停地刷来刷去，刷去刷来，但大雪飞落的速度比雨刷更快。即使开着车前灯，也只能看见前方十厘米以内的距离。风卷着雪花扑打在玻璃上，雪花打着旋儿，看得乔头晕目眩，迷失了方向。爸爸开得越来越慢，路几乎全都消失了，无法辨认哪里是柏油路，哪里是草地。一切都被卷入这个既幽暗又雪白的疯狂世界。

爸爸注视着前方，努力辨认方向，但没有用。"我撑不了多久了。"他说。

乔看着他皱起了眉："那咱们怎么办？咱们得回家吧，这种天气不能留在外面，**会死掉的**。"

"谢谢你指出了这一点，"爸爸说，"有个积极乐观的旅伴总是不赖！"

爸爸努力让自己的声音显得风趣，但乔能听出他的紧张。前方路段隆起了一个巨大的白色物体，爸爸眯起眼睛，小声嘟哝着，踩下刹车，汽车滑动着停下了。

"我想咱们只能开到这儿了。"怀尔德曼先生说。他打开车门爬了出去，暴风雪立刻席卷了车内。大雪不仅由天而降，还拔地而起，横扫一切。怀尔德曼先生跌跌撞撞地朝挡在路上的大雪堆走去。皮卡嘎吱一声轻轻晃动了一下，北极熊先生也爬下车走了过去，用巨大的身体抵住雪堆，使出全身力气，想把它推走。但是没用。怀尔德曼先生重新回到车里，他浑身是雪，连睫毛都冻住了。

"树倒了。"他喘着粗气，砰的一声关上车门，摘下绒球帽，他带进来的冷空气让他的身体，还有所有的窗户都蒙上了一层水汽，"这是这么多年我遇到过的最糟糕的情况。"

乔咽了口唾沫："那……到底是什么意思？"在这种情况下，有些事会给人一种不真实感，就好像是发生在别人身上似的。

"好吧，"怀尔德曼先生向前探着身子回答道，"希望暴风雪能快点过去，这样我们才能获救。而现实情况是咱们可能会在这儿待上几天。"

乔看着奥斯丁，用手指画了个小小的笑脸，然后扬起眉毛。奥斯丁摇了摇头。好吧，这不是个玩笑，乔的脑海中闪过成千上万个想法——都是不好的。

"可为什么没有预警呢？"爸爸转向怀尔德曼先生问，"天气预报说只下一点小雪，可不是这种！"

"暴风雪是不可预测的，所以我们才会一直带着这些应急物资。虽然以前从来没用到过。"

"太好了。"爸爸带着几分嘲讽的口吻说。

"北极熊先生怎么办？"乔问。

"北极熊先生不用我们操心，"爸爸说，"他在这方面的经验比咱们加起来都多。"北极熊先生已经在外面忙活上了，好像在将雪堆到车底空隙里。

怀尔德曼先生把脸贴在车窗上："熊知道该做什么，他正在把车底下的空隙塞满，这样冷空气就不容易灌进来。信不信由你，雪实际上有保暖作用。咱们最好关掉引擎，得尽可能节省燃料，只时不时地打开暖和一下。"

乔瞥了一眼燃油表，虽然没空，但也不是满的。爸爸转动钥匙，关掉了引擎。沉默显得漫长而凝重。

"得检查一下排气管有没有堵。"奥斯丁说，"不然咱们就会中毒。学校里教过这个。"

怀尔德曼先生点了点头。

有生以来，乔第一次感受到了真正的恐惧，他知道自己再也不想有这样的体验了。被暴风雪困住、被冻僵、中毒。还有比这更糟的吗？

爸爸搓了搓脸："我想大家的手机都没有信号吧？"

哦是的，*还没有电话*。乔在他的清单上又加了一条。他已经猜到答案是**没有**，这是他能确认的第一件事，他的恐惧变成了愤怒。

"我早说过我们不该搬到这个鬼地方来。谁想住在有这种天气的地方？我也根本不想参加这趟愚蠢的钓鱼之旅。"

"嘿，放松点儿！"怀尔德曼先生说，"我知道你很不好受，但没必要感情用事。我们的城市是个很棒的地方，我们家世世代代都在这儿生活得很快乐。"

"我敢打赌，如果我们去了你的故乡，那里肯定也不是完美的。世上没有完美的地方。"奥斯丁说。

"至少我来的地方有可靠的电话信号。"乔抱怨道，"我的意思是，这才是重点，不是吗？当你在离家很远的地方遇到紧急情况，你可以打电话叫人。"

爸爸伸出手，放在乔的肩膀上，乔使劲要把手甩开。

"乔，现在不是拌嘴的时候。想想吧，即使电话有信号，这样的天气谁能来找我们。我们无法掌控生命中的每件事，当然也不能掌控天气。我们都同意这种状况确实不佳，但眼下需要的是团结和冷静，咱们会没事的。"

爸爸的声音比他看上去要冷静得多，不过乔知道他是对的，乔的怒气消失了，又重新被恐惧支配。"对不起。"他嘟哝道。

"感到害怕是很正常的。"怀尔德曼先生说，"不过我们有需要的装备，家里人也会报警的，所以咱们能做的就是坐等暴风雪过去。事情不会那么糟的。"

不会那么糟？乔心想，这简直就像一场噩梦！不过他只是大声说道："肯定有咱们能做的事吧？"

"有很多，咱们要把自己裹在毯子里，穿上带来的所有备用衣服，我们有足够的热汤和食物来保持体力，但不要一下子全吃掉。"怀尔德曼先生听起来很有把握，让乔安心了一些。

北极熊先生还在车后面忙活着，无法看到他在做什么。"希望他没把雪弄到排气管里。"爸爸说，"我最好还是去检查一下。"

爸爸以最快的速度钻出皮卡，转眼又回到了车里，一边摇着头。

"坏消息？"怀尔德曼先生问。

"恰恰相反，那头熊简直是个英雄，他帮我们清理了排气管。"爸爸惊讶得小声吹了下口哨，"你敢信吗？需要点火时，能确保我们是安全的。"

乔勉强挤出一丝笑意："我敢说你现在很高兴我在机场不小心签了那张单子吧。"

寒风呼啸，雪在地面上越积越厚，寂静也随之越来越深。

他们缩在毯子里，怀尔德曼先生给每个人发了一小块巧克力，眼下还没那么冷。"现在咱们得让自己保持身心愉悦，"他说，"谁有好玩的笑话吗？"

爸爸指了指乔。"这是你们的笑话篓子。"他说。

乔绞尽脑汁想了好一会儿，他纳闷大脑是不是冻僵了。

"你在哪儿能找到一头北极熊？"最后他问道。

"我不知道，你在哪儿能找到一头北极熊？"爸爸反问。

"这要看你是在哪儿弄丢的。"乔说着笑起来。

"太糟糕了。"爸爸呻吟道，不过他还是笑了。

"我有一个，我有一个。"奥斯丁说，"羊毛帽对围巾说了什么？"

乔耸了耸肩膀。

"你挂着，我去上头！！！"

乔笑起来，爸爸呵呵呵，怀尔德曼先生翻了个白眼。

"一头戴耳套的北极熊你怎么叫？"乔试着说，"随你怎么叫，反正他听不见。"

奥斯丁爆发出乔听过的最最滑稽的笑声，犹如一头海狮，惹得大家都跟着笑起来。

"哦哦这声音能破冰，"乔挣扎着喘了口气，然后笑得更厉害了，"破冰……破冰……明白吗？"

现在每个人都情不自禁地大笑起来。"那个不算笑话。"爸爸说。确实不算，但那又有什么关系，因为大笑很好，能感染人，乔觉得好多了。奥斯丁和乔你来我往地越说越起劲，乔觉得奥斯丁甚至比艾莉还有趣。

最后笑话讲完了。气温还在下降，爸爸打开引擎，车里灌满暖气后，爸爸又熄了火，沉默再次弥漫开来。

"这里面有什么？"奥斯丁拿起北极熊先生破旧的手提箱问，"感觉好重哦。"

"我不知道，我以为他只放了我的备用衣服。"乔说，"打开看看吧，我希望他没在里面藏鱼。"

乔看着奥斯丁打开盖子，奥斯丁皱了一下眉，随后微笑起来。"是我的尤克里里。"他说，"他干吗把这个放在自己的手提箱里？你觉得他是打算练上一段吗？假如钓鱼太无聊的话。"

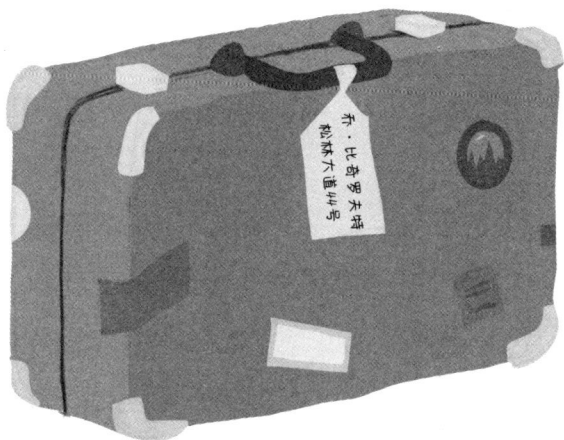

"好吧，可以给我们弹奏一支曲子吗？"爸爸问，"我们会很开心的。"

怀尔德曼先生露出了痛苦的表情。"你听过他弹琴吗？"他问，"并不像你想的那么愉悦哦。"

乔觉得这样说不公平："来吧，奥斯丁，你可以的。"

奥斯丁看了看他爸爸，然后开始弹奏。

嘣嘣，嘣嘣噗。

嘣嘣，嘣嘣噗。

乔看到奥斯丁用手指摸索琴弦，弹了几个不同的和弦。

他花了十几秒从一个和弦换到另一个和弦。

"我说过，我弹得不好。"奥斯丁说。

"那是你的手太冷了。"乔说，"你先把手套戴上，给我吧。"

奥斯丁把尤克里里递了过去。

乔摘下手套，弹奏起来。

他努力回忆昨晚学到的东西。温暖的房间、他的电脑屏幕，此刻似乎远在百万英里之外。尽管如此，他还是设法改编了几首他熟悉的吉他曲，不一会儿，爸爸就开始唱起来。

奥斯丁和怀尔德曼先生惊奇地盯着乔。

"你真的太棒了。"奥斯丁说，"我不是开玩笑哦。"

"你也是。"乔说，尽量让自己听起来很真诚，"等到音乐比赛时，咱们都会很厉害的。"

"那意思是你要加入我们乐队吗？"奥斯丁悄悄问。

"当然——如果你们还要我的话。"乔说，"也许咱们应该把乐队名字改成**暴风雪**，重新起航。"

"演奏时全都穿上防雪服。"奥斯丁补充道。

"让北极熊先生站在台上增加气氛。"乔说。

"一言为定。"奥斯丁笑了。

尽管天寒地冻，可乔的心里却感到一阵温暖。

乔没弹多久，温度再次骤降，他需要让手保持暖和。随着油量下降，爸爸打开引擎的次数越来越少了。外面的雪继续堆积着，当夜幕降临，乔尽自己最大努力去想一些好事——比如乐队赢得比赛——可是很难，他非常害怕。

大家挤在一起，喝了热汤，然后把所有的毯子都裹在了身上。

最后他们全都睡着了。

第15章
光亮与飞翔

乔醒了，全身冰冷而僵硬。他发现皮卡几乎被大雪掩埋了，一丝微弱的阳光透了进来，那只可能意味着一件事，暴风雪已经过去了。

爸爸试图打开车门，可是车门被堵住了，其他人也试了试，但所有的门都被大雪严严实实地封死了。乔讨厌被困住的感觉，他需要出去，需要呼吸空气。他握紧拳头，正要张开嘴巴，这时皮卡的前边向下沉了沉，两个毛茸茸的雨刷器嚓嚓几下把车前面的雪扫开了，露出北极熊先生的大脸，他正在往里面瞧，挥动着两只爪子。

看见光亮、太阳和熊的一刹那，所有人都舒了一口气，彼此击掌欢呼。

"我们被困住了！"乔大声喊着，指了指车门。

北极熊先生开始一大爪子一大爪子地铲雪挖车，不一会儿，爸爸的车门就被清理了出来，然后是两个后门。爸爸和

怀尔德曼先生跳出车帮忙铲雪，没多久，乔就能把自己从车上放下来了。

外面的景象简直让他难以置信，世界仿佛变成了月球表面，看不见任何边缘，到处都是巨大的弧形雪丘和山岗，光滑柔和，银光闪闪。

爸爸看起来筋疲力尽，怀尔德曼先生搂了搂他的肩膀："他们会派直升机来找咱们的，咱们需要让自己很显眼，能被他们发现。"怀尔德曼先生把皮卡的两个后视镜扭向天空，好让它们反射阳光。

"咱们也可以用锡纸急救毯。"爸爸说着，从车里拿出一个急救毯，铺在皮卡车顶上，又用雪球压住四角。

"也许咱们应该清理出一块直升机着陆点，"怀尔德曼先生说，"那会有很大帮助，还能让咱们暖和起来。"

乔一边看他们挖雪，一边前后晃动手臂，拍着手。幸好雪很轻，北极熊先生又是一部铲雪机，他铲雪的速度是别人的两倍。这会儿大家都在太阳底下，一切似乎变得更有希望。

"我知道了，"奥斯丁说，"咱们来堆个雪人做求救信号。"

乔只能看着他们，提些建议，北极熊先生也参与进来，滚了一个大大的雪球当身体，奥斯丁滚了个小雪球当脑袋。他们折下两根大树枝当胳膊，做成V字形，表示需要帮助。

"看上去怎么样？"奥斯丁问。

"完美。"乔说。

"而且正是时候。"爸爸说着，举起了一只手。**哒哒哒哒哒**。一阵持续不停的哒哒声远远传来，在天空回荡。起初声音很小，渐渐地**越来越大**。

北极熊先生抬起头，看向天空。

"直升机。"怀尔德曼先生说，"我们来挥手臂吧。"

乔简直不敢相信自己竟会如此高兴，四个人拼命地挥舞手臂，北极熊先生也挥舞起他的大爪子。后视镜向上反射出

耀眼的光芒，锡纸毯也亮得让人眼花缭乱。

直升机盘旋了一圈，又盘旋了两圈，然后尽可能降低飞行高度。怀尔德曼先生朝每个人大喊，让他们躲开，一边帮忙引导直升机降落。

螺旋桨轰鸣，空气随之振动，树被吹得东摇西晃，枝条上的积雪也被震落下来，在地上炸开。乔捂住耳朵，北极熊先生像堵毛皮墙似的站在这一小群人的前面，背对着直升机，保护他们不被凛冽的寒风吹跑。

螺旋桨越来越慢，最后停了下来，救援人员跳出直升机朝他们跑来。

"两个大人，两个小孩，还有一头北极熊。对吧？"负责人核对了名单上的名字，"大家都没事吧？"

"我们都很好。"怀尔德曼先生说，"这要归功于这位北极熊先生。"

"我们得赶快带你们离开。"救援人员回答道，"预计今天上午晚些时候还会有另一波暴风雪来袭。"

"我的皮卡怎么办？"爸爸问。

"只好在这儿待几天了。铲雪机需要几天时间才能把这些道路清理干净。还有很多树被吹倒了。"

"头儿，"另一个救援队员说道，"熊怎么办？没法把他塞进直升机。我想咱们得用吊索运他了。"

"吊索？"乔问。

"就是把他吊在直升机下面。"那个人解释道，"他会很安全，我会把他固定好的。"

乔没有时间争论，他抱了一下北极熊先生。

北极熊先生也抱了抱乔，不愿意跟他分开。

"你会没事的，"乔说，"勇敢点，照他们说的去做。"

奥斯丁、爸爸和怀尔德曼先生爬上直升机，乔被抱进去，他的轮椅放在了飞机后面。大家都系好了安全带，乔看见那个救援队员还留在地面，他正小心翼翼地给北极熊先生绑上好像巨型吊索的东西。

螺旋桨开始旋转、加速，轰鸣声**震耳欲聋**。

"北极熊先生肯定不喜欢这种噪声。"乔大声喊道，可他的声音立刻被噪声淹没了。直升机离开了地面，乔抓着爸爸的胳膊，把脸贴在窗户上，想看看熊怎么样了。

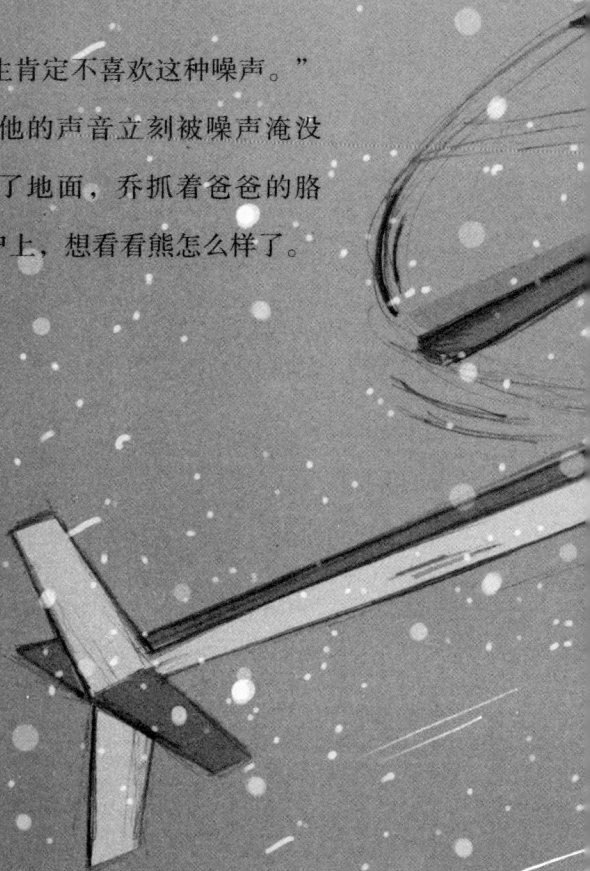

直升机越飞越高，乔俯瞰着下面的雪白世界。他刚好能看到北极熊先生，他被一根长线吊在直升机下面。熊在飞——没准儿是历史上第一头会飞的北极熊——熊的嘴都快咧到后脑勺了。

奥斯丁和乔朝彼此竖起了大拇指。乔认为乘坐直升机肯定是自己做过的最激动最兴奋的事。当城市出现在视野中，乔闭上了眼睛，疲惫地瘫坐在椅子里，感到眼睛正被幸福和欣慰的泪水刺痛。他认为北极熊先生是世界上独一无二的最好的朋友，也许奥斯丁也会成为他最好的朋友之一——至少在乔现在的生活中。

第16章
开始与别离

由于**极端的天气情况**，周一学校放了一天假。所以周二，当大家重新返回学校时，都有很多故事要讲——但谁都没有奥斯丁和乔的那样精彩、那样激动人心。

当奥斯丁解释熊如何帮他们活下来、他们又是如何获救时，北极熊先生静静地坐在那里，乔真为北极熊先生感到自豪——真正的自豪，奥斯丁还告诉同学们通过这次冰湖之旅他学到的东西——关乎钓鱼、生存和友谊。

最后，奥斯丁抓起乔的手和北极熊先生的爪子，跟他们击掌。"这两个伙伴是个传奇。"他说，所有人都欢呼起来。

乔脸红了，他友好地给了奥斯丁一拳。"你自己也不赖，

嘛。"乔说着，用手指画了个小小的笑脸。

北极熊先生举起一只爪子，用爪子画了个笑脸，惹得大家哄堂大笑。

之后，他们一起吃午饭时，奥斯丁把乔弹奏尤克里里的事告诉了他的队员们。

"他弹得非常好，"奥斯丁一脸认真，尽可能严肃地说，"你绝对能听出来他弹的是什么调！"

"我不知道，"莱蒂的眼睛闪闪发光，"听起来好像咱们有点配不上他，我的意思是，我们不想毁了我们的一世烂名。"

"不不，没关系，"乔也用自己最严肃的语气说道，"我会非常非常糟糕地演奏的，保证不会让你们的烂名倒台。"

"很好，一言为定。"巴斯说，"你是我们的人了。"

乔深吸一口气："要是你们愿意，周末可以顺便来我家练习——我的意思是，只是确保咱们能弹得尽可能难听。"

他等待着，要是他们说"不"，他真不知道接下来该怎么办。

"好主意。"大家都赞同，乔很高兴自己开口问了，更高兴他们同意了。他提醒自己，这不是自己的乐队，他不能像苏西那样发号施令，而最好是跟随大家的意见。他已经知道会很有趣的。他不是必须要放弃弹吉他，但和朋友们在一起开怀大笑有什么不好呢？

* * *

星期六到了，妈妈忙着准备食物和饮料，又忙着整理房间。

"你不用太费心，"乔说，"家里看起来正常就行，他们都是我的朋友，不是什么特殊的客人。"

妈妈正拖着厨房的地，她停下来点了点头。"可是，"她说，"我确实需要把这些北极熊毛清理干净。说到这个我想起来了，你看见北极熊先生了吗？"

乔回到自己的房间，发现北极熊先生正在把他零零碎碎的小东西收拾到手提箱里。

"你也在收拾啊，"乔说，"今天大家怎么都有打扫任务呢？"

北极熊先生转过头来，合上手提箱的盖子，咔嗒一声按上箱扣，然后搓了搓爪子。

"要是你以为咱们又要去湖边冒险，你就大错特错了。"乔笑着说，"明年夏天之前我是不会再去了——其实是**再也**不会去了——除非坐直升机去。"

北极熊先生低下头，躺在地板上。

"振作起来，伙计，大家马上就到了。"

北极熊先生抬起眼睛，与乔的目光对视，然后又垂了下去。乔轻轻地抚摸着熊脑袋上的软毛，想知道他是不是在担心有人要来。有时候你很难猜到一头北极熊在想什么。

老实说，邀请所有人过来，乔不得不承认自己也有点紧张。但他不必担心，因为大家一到，乐趣就开始了。即使乐

队的演奏一塌糊涂——也没必要担心，那是乔听过的最糟糕的演奏，但他反倒觉得更有趣。

可怜的北极熊先生坐在角落，用爪子捂着耳朵，不时地抱住脑袋，仿佛真的很痛苦。最后他们终于放过了他，奥斯丁把尤克里里递给了乔。

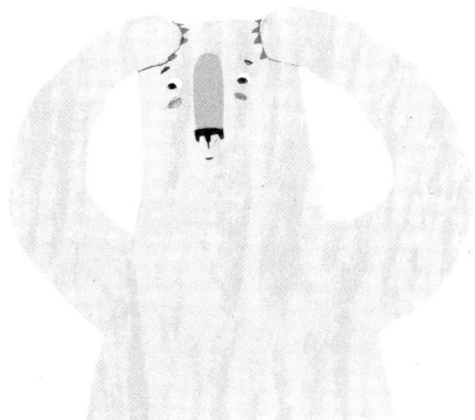

"我们需要帮助。"奥斯丁平静地说，"希望能弹得更好。"

乔开始弹一些简单的和弦，很快乐队的演奏就变得悦耳多了。北极熊先生开始点头，没多久，他们已经开始努力弹奏一首熟悉的歌曲了！乔跟每个人都碰了碰拳头。

"**哇哦！**"莱蒂欢呼道，"我们也许没那么糟。**潜——力——股！** 甚至能赢哦！"

乔喜欢莱蒂这种充满希望的热情，他正想建议大家进行定期练习时，突然传来一阵又长又响的门铃声。

"啊–哦，"乔说，"可能是邻居嫌吵来告状了，在这儿等一下，悄悄地别出声。"

乔移向前门时，听见其他人在咯咯笑。北极熊先生跟着乔走出了房间，不知什么原因，他还随身带着自己的手提箱。

"哦，你以为咱们要去另一场冒险，是吗？爸爸今天早上把皮卡开回来可不是要再出发的意思，被困一次就够了。"

北极熊先生悲伤地看着他。

当乔和北极熊先生来到前门时，妈妈已经打开了门。乔不认识那个正站在对面的男人，也没见过停在路边的大货车。可是，他认出了放在男人身边的行李箱，那是他的行李箱——在机场丢失的那个。

"乔·比奇罗夫特的包裹。"男人说。

"哇哦，"乔说，"真没想到还能再见到它。"

"我也是，"妈妈说，"我都把它忘到脑后了。"

"请在这里签字。"男人说着，递给妈妈一张表格，"还有这里。"他又递了一张过来。妈妈没有仔细看就签了字。"那头熊准备好了吗？"男人问。

"熊？"妈妈问。

男人看了看妈妈刚刚签好的表格。

"这儿写的，把一头北极熊运送到港口。"

"港口？"妈妈说，"我不明白您的意思。"

乔凑上前，从男人手里抢过那张纸。他读着那些字，惊恐地瞪大了眼睛。

"妈妈，"他小声说道，"你干了什么呀？"

妈妈困惑地摇了摇头。

乔看见北极熊先生正安安静静地坐着，悲伤地盯着他的手提箱。

"就是那头，"男人说着，指了指熊，"我看得需要一个大笼子，你们有吗？"

"北极熊先生不需要笼子。"乔说，"他跟我们住在一起，他哪儿也不去。"

北极熊先生拿起他的手提箱，递给了男人。手提箱上有一个大大的标签，男人大声读出来，并与文件比对了一下。

灯塔小屋

"**不！**"乔喊道，"错了错了，应该是松林大道44号。"

"跟上面不符，"男人同时举起了写字板和手提箱，

"这个地址是对的，而且比奇罗夫特太太签了字。"

"好吧，她可以取消签字。"

爸爸走到了门口。"告诉他，爸爸，"乔哀求道，"告诉他北极熊先生哪儿也不去，妈妈不知道签的是什么。"

爸爸看了看表格，又看了看北极熊先生手提箱上的标签，然后看了看北极熊先生。接下来是一阵沉默，最后爸爸握住了乔的手。

"我认为是北极熊先生离开的时候了，"他说，"我想咱们都知道，他不可能永远留在这里。"

"不，我们不知道，"乔说着，甩开爸爸的手，"他不能离开，我是说，没有他我们怎么生活？"

北极熊先生把一只爪子放在乔的肩膀上，把头转向了乔的卧室，乔看见他的朋友们正站在卧室门口。他咽了口唾沫，把头斜靠在北极熊先生的肩膀上，感觉到熊温暖的皮毛贴着他的皮肤。"你不能走，"乔说，"我不让你走。我们都想让你留下，不只是我。"熊的下巴搭在乔的头上，他们俩都没有动。

"现在得走了。"快递员不太友好地说，"这头熊得赶去坐船呢。"

北极熊先生长叹一声，站起来，慢慢地走了出去。他在

坡道上面停住脚，转过身，向乔轻轻地点了点头，然后跟着快递员走下坡道，爬进了货车的车厢。

眼看着货车开走了，乔的喉咙发紧，他强忍住眼泪，泪水灼痛了眼眶。奥斯丁、莱蒂、康拉德和巴斯都围了过来。

"我们不能让他孤孤单单地离开，"奥斯丁说，"我们应该去码头为他送行。您已经把皮卡开回来了，对吧？"

"这么多人会把车压扁的。"爸爸说。

没有时间争论了，大家全都跳上了车，几个人坐在前面，几个人坐在后面，乔给自己系好安全带，爸爸用最快的速度朝港口开去。

码头边停靠着一艘船，船上装满了五颜六色的大集装箱。他们跑向埠头时，看见北极熊先生正沿着跳板往上走，一直走到了甲板上。

跳板在他身后升起，货船发出了一声悠长的汽笛声。

呜——！

船慢慢地、慢慢地驶离了码头。北极熊先生站在围栏边，高高地举起爪子。

"再见，北极熊先生，再见！"

所有人都大声呼喊起来，除了乔。乔说不出话，他的目光无法离开那头巨大的熊，船向大海深处驶去，熊的身影变得越来越小。乔目不转睛地望着，直到北极熊先生变成了远方的一个小点。

别人都回到车上去了，只有乔没动。寒风从山上吹来，乔张开双手捉住一丝风，然后握上了拳头。

"再见，北极熊先生。"他对着握住的双手小声说道，"谢谢你。"然后，他再次张开手，让那两句话随风飞去，越过海浪飞到船上。他知道他的讯息一定能传到熊那里，没有理由，他就是知道。几片飞舞的雪花从灰色的天空翩翩落下来，乔擦掉了脸颊上的雪花，他永远都不会忘记北极熊先生的。

　　乔回到温暖的车里。悲伤让他变得迟钝，甚至没注意到身上起了鸡皮疙瘩，也没注意到自己抖得多么厉害。

　　他回过头最后望了一眼，他知道自己得放手，让北极熊先生走。他的新朋友们正等着他，他会好起来的。

第17章

结局与友谊

回家的路上十分安静。车上没有了北极熊先生，感觉怪怪的；房子里没有了北极熊先生，也感觉怪怪的。在乔眼里，仿佛到处都是北极熊先生留下的巨大空洞，幸好其他人都跟自己在一起，可以填补那个洞，让他振作起来。

爸爸走进来挥了挥手机。"你们简直无法相信，"他说，"我们从家里邮来的东西竟然是北极熊先生坐的那艘船运过来的，你很快就能拿到你所有的东西了。"

"你认为北极熊先生还会再回来吗？"奥斯丁问。

"不会，"乔严肃地说，"我想这里对他来说太冷了，他可能会去海边或什么地方度假，我猜他正躺在日光浴躺椅上喝鸡尾酒呢。"

大家看上去有点蒙，然后奥斯丁露出了微笑，接着所有人都哈哈大笑起来。

＊＊＊

"乐队大战"胜利在望。**暴风雪乐队**决定全力以赴赢得比赛，他们做了一套相当酷的布景，上面画着积雪、松树和一头巨大的北极熊。他们练琴练到手指都快断了。他们穿着连体防雪服，戴着绒球帽，热得满脸通红。好吧，如果乔够诚实，他们确实弹得没那么棒（包括乔在内），但是他们非常快乐，而且这快乐似乎感染了每个人。毫无疑问，他们是最受喜爱的——观众们全都站起来，拍手欢呼。

评委们说这真是一个**超难**的决定（评委们总是那么说），然后把奖杯颁给了**米切尔乐队**，暴风雪名列第二。

暴风雪乐队

乔来到米切尔身边，跟他握了握手。"祝贺你，"他说，"真的很棒。"

"谢谢，"米切尔说，"我认为你们得到了最多的观众票，那才是真正重要的。"

米切尔走到一边，示意乔跟上他。"有人告诉我你吉他弹得特别好，"他说，"我只是想知道，你是否愿意找个时间出来玩儿。"

"当然，"乔说，"为什么不呢？其实，我们现在正要回家去参加第二场庆祝活动，如果你愿意，可以来加入我们。"

"和一群弹尤克里里的人玩？"米切尔说着，扬起了眉毛。

乔也扬起了眉毛："一群尤克里里弹得很糟糕的人。"他纠正道，并笑起来。

"听起来不错。"米切尔说，"没错，相当酷。"

＊＊＊

这是乔的新世界。只是突然之间，似乎变得不那么新了。他想念自己的故乡，可是也喜欢这座新城市。他永远也不会忘记北极熊先生，不会忘记他的老朋友们。而某一天，当离开的时刻到来时，他也不会忘记这些新朋友。

北极熊先生的
暴风雪生存指南

记住！

你不是北极熊。

遭遇暴风雪时，在户外生存是非常难的，所以要待在车里躲避风雪、保护自己。

定时清理汽车排气管，以免被雪堵住，这一点非常重要。通常北极熊先生都会帮忙清理，可是如果周围没有北极熊，你就得自己动手了。

清除车周围的冰和雪。如果你没有北极熊的大爪子，可以用铲子。

北极熊有两层皮毛御寒，而人类需要多穿一些保暖的衣服。

北极熊不需要喝很多水，而人类却不然——确保车里总是带些水，以免你被困住。

如果你没有北极熊先生来依偎取暖，要确保自己带上一条温暖的毯子。

北极熊的脚很大，所以他们可以轻松地在冰雪上行走，而你一定要确保自己有一双超级防滑的靴子。

北极熊先生可以吸引到很多关注，但如果你弄丢了一头北极熊，可以尝试在雪地里做个**求救**信号。

北极熊先生也许能给你弄些生鱼来，但你真的想吃吗？不然的话，还是带一些好吃的零食吧！

记住，如果暴风雪来袭，你真的不该离开家，还是和你的北极熊好朋友一起待在房子里吧。

关于作者

　　玛利亚·法雷尔和她的丈夫还有宠物狗住在萨默塞特郡牧场中央的房子里。她曾经生活在新西兰的一个小农场里，那儿有一群羊、一群牛、两头表现不好的猪，还有一只当她写作时总是站在她头上的虎皮鹦鹉。她受过语言治疗师和教师的训练，之后修完了为青少年写作的文学硕士学位。她热爱语言，热衷阅读和给所有年龄段的孩子写书。她喜欢骑自行车到陡峭的山顶，这样可以能有多快就有多快地冲下来。她还热爱登山、滑雪和探险，她的梦想是有一天能去北极，亲眼看一看自然环境中的北极熊。

关于绘者

    丹尼尔·莱利是住在里斯本的一位英国自由插画家。在伯恩茅斯艺术大学学习后，他在澳大利亚进行了一次徒步探险旅行。之后在伦敦工作了三年，他决定离开英国，去阳光灿烂的葡萄牙。过去的几年里，丹尼尔一直从事着广告、版画、卡片设计和童书的插画工作。丹尼尔不画画时，你可能会发现他在冲浪、用一部老相机照相，或者在玩新发现的踏板运动。

你还可以了解

　　亚瑟受够了他的家！他有一个不太寻常的弟弟，他的父母总是给弟弟过多的关爱。就在亚瑟准备离家出走时，一头北极熊突然出现在他家门口。突然闯入的北极熊先生在亚瑟家住了下来，他倾听亚瑟心中的秘密，帮亚瑟赢得足球赛，给亚瑟一家的生活带来了有趣又奇妙的变化……

　　露比的爸爸离开了家，妈妈心力交瘁。露比要照顾妈妈，还要帮忙照顾咿呀学语的小弟弟，她的肩上担负了太多责任，以至于影响到了她的学习，她向往已久的滑板梦也似乎永远不可能实现……北极熊先生的到来改变了这一切。尽管不会说话也没有超能力，但他有着最温暖的熊抱……准备好遇见这头世界上最乐于助人的北极熊吧！

即将出版

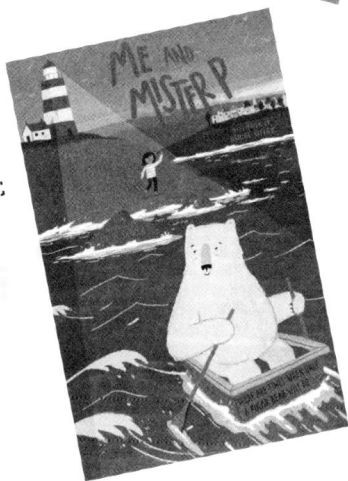